D1139050

POB ERPE MERE

EM0731404

Herinneringen van een vrouwelijke arts

© **Mixed Sources**

Productgroep uit goed beheerde
bossen, gecontroleerde bronnen
en gerecycled materiaal.

www.fsc.org Cert no. CU-COC-802528
© 1996 Forest Stewardship Council

FSC

Nawal El Saadawi

Herinneringen van een vrouwelijke arts

Uit het Engels vertaald door
Laura van Campenhout

DE GEUS

Openbare
Bibliotheek
Erpe-Mere

2007 | 2738 | R

Oorspronkelijke titel *Memoirs of a Woman Doctor*,
verschenen bij Saqi Books
Oorspronkelijke tekst © Nawal El Saadawi, 1960
Nederlandse vertaling © Laura van Campenhout en De Geus bv,
Breda 2007
Omslagontwerp Robert Nix
Omslagillustratie © Reza; Webistan/Corbis
Druk Koninklijke Wöhrmann bv, Zutphen
ISBN 978 90 445 0903 8
NUR 302

Niets uit deze uitgave mag verveelvoudigd en/of openbaar
gemaakt worden door middel van druk, fotokopie, microfilm
of op welke wijze dan ook, zonder voorafgaande
schriftelijke toestemming van De Geus bv,
Postbus 1878, 4801 bw Breda, Nederland.
Telefoon: 076 522 8151. Internet: www.degeus.nl

Herinneringen van een vrouwelijke arts

Woord vooraf bij deze heruitgave

Ik schreef deze roman op mijn vijfentwintigste. Twee jaar eerder was ik afgestudeerd als arts, maar schrijven was altijd al mijn droom geweest. Ik vond dat mijn loopbaan in creatief schrijven lag, en niet in het dokterschap.

Ook als kind schreef ik graag. Ik hield een geheim dagboek bij, waarin ik me uitte over dingen die me raakten of blij maakten, of waardoor mijn familie me boos maakte. Op jonge leeftijd was ik al begonnen aan mijn gevecht met de wereld om me heen. Die gaf mijn broer, enkel omdat hij een man was, meer rechten en vrijheden dan mij ten deel vielen, terwijl ik op school én thuis meer deed en beter presteerde dan hij.

Als kind zag ik hoe mijn moeder, mijn vader, de mensen om me heen en zelfs God meer van mijn broer hielden dan van mij, omdat hij een man was. Boosheid en vijandschap jegens hen groeiden in mijn binnenste. Ik kon niet in een god geloven die niet eerlijk was, die kinderen zoals ik slecht behandelde omdat ze als vrouw waren geboren.

De eerste brief die ik schreef was er een aan God. Ik beklaagde me erin over Zijn onrechtvaardige behandeling en vroeg Hem waarom Hij zich zo gedroeg; ik liet Hem weten dat ik niet van Hem zou blijven houden als Hij me niet fatsoenlijk behandelde. Ook in mijn gevoelens voor mijn moeder, mijn vader en mijn broer weifelde ik tussen liefde en haat.

De jaren verstreken en hoe meer ik begreep, des te feller ik in opstand kwam tegen het systeem waarin we leven, tegen degenen die het op aarde en in de hemel voor het zeggen hebben, tegen familie, staat en religie. Ik zag overal onrechtvaardigheid: geld en macht zwaaiden de scepter in de familie en de staat, op de geneeskundefaculteit en in de medische beroepsgroep, en werden gebruikt om vooral arme studenten en patiënten te onderdrukken; mannen speelden dan weer de baas over vrouwen. Stukje bij beetje drong het tot me door dat we in een patriarchale klassenmaatschappij leven, waarin vrouwen worden onderdrukt door mannen en waarin armen worden onderdrukt door rijken en machtigen.

Toen heb ik *Herinneringen van een vrouwelijke arts* geschreven. Ik schreef altijd 's avonds, nadat ik in de medische unit van het dorp, die onder mijn verantwoordelijkheid viel, de patiënten had behandeld.

Deze vroege roman is zevenenveertig jaar geleden voor het eerst gepubliceerd en toch merk ik, als ik het boek nu lees, dat het een afspiegeling is van een heleboel dingen die kenmerkend zijn voor het hedendaagse Egyptische leven. Er is bijna een halve eeuw voorbijgegaan en toch is de onderdrukking van mensen, en vooral die van vrouwen, door staat en religie nog erger geworden, ondanks al het gepraat over 'het democratische stelsel' waarin we leven, over 'mensenrechten' en het 'gevecht tegen de armoede', waar een grote meerderheid van mijn landgenoten mee te maken heeft.

In de loop der jaren hebben vrouwen voortdurend weten door te dringen tot allerlei sectoren. Op alle opleidingsniveaus, ook het universitaire, is hun aantal verveelvoudigd, en ze spelen een prominentere rol in wetenschap, kunst en literatuur, als onderzoeker, jurist, politicus en econoom en in de producerende en dienstverlenende sector.

Niettemin is er met name sinds de jaren tachtig van de vorige eeuw in deze kwantitatieve ontwikkeling een terugval te bespeuren. Deze is te wijten aan de economische en maatschappelijke crisis waartoe de introductie van een vrijemarktpolitiek heeft geleid. Nu de werkloosheid stijgt, worden de vrouwen hun huis weer in geduwd; meisjes treden toe tot het legioen van dropouts, of van kinderen die wat scholing betreft de boot hebben gemist. Belangrijker is dat de kwantitatieve voortgang niet hand in hand is gegaan met een kwantitatieve omwenteling in het bewustzijn en het besef van vrouwen, in hun begrip van de patriarchale klassenonderdrukking, die in het openbaar en in de privésfeer over een veelvoud aan grove en subtiele manifestaties beschikt, of van hoe ze zich ertegen kunnen verweren en deze kunnen overwinnen. Vrouwen bungelen tussen onderdrukking door de traditionele maatschappijstructuren die versterking krijgen van het zich snel verbreidende religieuze fundamentalisme en de 'verwesterde' invasie van de Egyptische maatschappij door de principes van de 'vrije markt' en consumentenbelangen. Zelfs onder hoogopgeleide vrouwen zijn er maar weinig in staat aan deze dwingende belangen te ontkomen en zich te bevrijden uit de wurggreep van een staatstelevisiebestel dat elk huishouden binnen dringt – en dat spoedig zal worden geprivatiseerd – of van het toenemende aantal kranten en tijdschriften, tv-series en films die conservatieve religieuze opvattingen of veramerikaniseerde levensstijlen huldigen.

Met zijn zeventig miljoen inwoners en zijn rol te midden van de Arabische landen is Egypte blootgesteld aan de pressie die de Verenigde Staten en de Europese Unie uitoefenen; aan de invloed van de oorlog tegen het terrorisme, de invasie in Irak, aan het Israëlisch-Palestijns conflict, aan wereldwijde multinationale economische en culturele belangen die in elk aspect van het leven infiltreren en aan het fundamentalistische religieuze conservatisme dat de traditionele patriarchale familiewaarden versterkt. Vrouwen, die meer dan de helft van de maatschappij vormen, zijn de sector die in geest en lichaam, in elk aspect van hun leven, het meest wordt aangetast door wat er gaande is in het gebied dat het Midden-Oosten heet.

Herinneringen van een vrouwelijke arts geeft de tumultueuze, tegenstrijdige gedachten en emoties weer van een vrouwelijke plattelandsarts die tussen de boerenbevolking leeft als haar ogen opengaan voor wat er om haar heen gebeurt, voor het geestelijk en lichamelijk lijden dat de armen te verduren hebben, voor bloed, pijn, ziekte en dood, teweeggebracht door een meedogenloos stelsel dat zich aan de mens weinig gelegen laat liggen. Vanuit haar dagelijkse ervaringen, met vallen en opstaan, door pijn en plezier, leven en dood probeert ze samen met de andere dorpelingen te vechten voor wat goed en waar-achtig en rechtvaardig is.

Toentertijd was ik jong en onnozel, vol vertrouwen in de ander, vol kleurrijke dromen. De roman eindigt, on-danks alles, met iets van hoop en blijdschap. Misschien vinden veel mensen die frisheid, dat optimisme en die hoop vreemd, naïef, niet overtuigend in een wereld waar de heersers bereid zijn miljoenen een langzame dan wel snelle dood in te jagen om hun eigen macht en rijkdom te bestendigen en te vergroten. Maar ofschoon er heel wat jaren zijn verstreken, ben ik nog steeds in veel opzichten dezelfde gebleven. Hoop, de vreugde, het genot van het schrijven, van het scheppen van een wereld waarin vrou-wen en mannen vrijheid en rechtvaardigheid en vrede vinden, hebben ervoor gezorgd dat ik de jonge vrouwe-lijke arts en schrijfster ben gebleven die ik zevenenveertig jaar geleden was.

Nawal El Saadawi
Caïro, september 2005

I

Het conflict tussen mij en mijn vrouwelijkheid begon heel vroeg, nog voordat mijn vrouwelijke kenmerken onmiskenbaar waren geworden en voordat ik iets over mezelf, mijn geslacht en mijn oorsprong afwist, zelfs voordat ik de aard kende van de lichaamsholte die mij had gehuisvest voordat ik de wijde wereld in was gestuurd.

Het enige wat ik destijds wist was dat ik een meisje was. Ik hoorde het de hele dag van mijn moeder. 'Meisje!' riep ze dan, en het enige wat het voor mij betekende was dat ik geen jongen was en dat ik niet hetzelfde was als mijn broer.

Het haar van mijn broer was kortgeknipt, maar voor de rest werd het met rust gelaten en niet gekamd, terwijl dat van mij alsmaar langer mocht groeien en mijn moeder het twee keer per dag kamde, het vlocht en de uiteinden ervan gevangenzette in linten en elastiekjes.

Mijn broer werd 's morgens wakker en liet zijn bed liggen zoals het erbij lag, terwijl ik mijn bed én het zijne moest opmaken.

Mijn broer ging op straat spelen zonder mijn ouders te vragen of dat mocht en kwam thuis wanneer het hem uitkwam, terwijl ik alleen weg kon als en wanneer ze me lieten gaan.

Mijn broer pakte een groter stuk vlees dan ik, schrokte het naar binnen en slurpte lawaaiig van zijn soep en mijn moeder zei er nooit iets van. Maar ik was anders: ik was een meisje. Ik moest letten op elke beweging die ik maakte, mijn verlangen naar het eten verbergen, langzaam eten en mijn soep drinken zonder geluid te maken.

Mijn broer speelde, sprong in het rond en maakte een koprol, terwijl mijn moeder mij, als ik al eens ging zitten en mijn rok hooguit één centimeter over mijn bovenbenen liet opkruipen, doorboorde met de blik van een dier dat zijn prooi verlamt, en dan bedekte ik die schandelijke delen van mijn lichaam.

Schandelijk! Aan mij was alles schandelijk en ik was een kind van amper negen jaar.

Ik had medelijden met mezelf en sloot mezelf op in mijn kamer en huilde. De eerste echte tranen die ik in mijn leven stortte waren niet omdat ik het slecht had gedaan op school of iets waardevols kapot had gemaakt, maar omdat ik een meisje was. Ik huilde al vanwege mijn vrouwelijkheid voordat ik wist wat dat was. Op het moment dat ik mijn ogen opsloeg naar het leven bestond er al vijandschap tussen mij en mijn geaardheid.

Ik sprong met drie treden tegelijk van de trap om op straat te staan voordat ik tot tien had geteld. Mijn broer en een paar jongens en meisjes die in de buurt woonden stonden op me te wachten om diefje met verlos te spelen. Ik had mijn moeder gevraagd of het mocht. Ik was dol op spelletjes en vond het heerlijk om zo hard te rennen als ik kon. Ik kreeg een allesoverheersend geluksgevoel als ik mijn hoofd en armen en benen in de lucht bewoog of opeens een serie reuzensprongen maakte, waarbij alleen het gewicht van mijn lichaam me beperkte, dat telkens omlaag getrokken werd naar de aarde.

Waarom had God me geschapen als meisje en niet als een vogel die net als die duif door de lucht vloog? Volgens mij vond God vogels leuker dan meisjes. Maar mijn broer kon niet vliegen, en dat troostte me een beetje. Ik besefte dat hij, ondanks zijn grote vrijheid, net zomin in staat was om te vliegen als ik. Ik begon een onophoudelijke zoektocht naar zwakke plekken bij mannen, als troost voor de machteloosheid die me was opgedrongen door het feit dat ik een vrouw was.

Ik sprong opgetogen verder toen ik een heftige siddering door mijn lichaam voelde trekken. Mijn hoofd tolde en ik zag iets roods. Ik wist niet wat me overkwam. De angst sloeg me om het hart en ik deed niet meer mee met het spel. Ik rende terug naar huis en sloot mezelf op in de badkamer om het geheim van deze zwaarwichtige gebeurtenis in alle beslotenheid te onderzoeken.

Ik begreep er helemaal niets van. Ik dacht dat ik door een afschuwelijke ziekte moest zijn geveld. Bibberend van angst ging ik het aan mijn moeder vragen en op haar gezicht zag ik louter blijdschap en geluk. Ik vroeg me verbijsterd af hoe ze deze aandoening met zo'n stralende lach kon verwelkomen. Ze merkte mijn verbazing en verwarring op en pakte mijn hand om met me naar mijn kamer te gaan. Daar vertelde ze me het bloederige verhaal van de vrouw.

Ik bleef vier dagen onafgebroken op mijn kamer. Ik kon mijn broer en vader niet onder ogen komen, niet eens de bediende. Ik dacht dat ze allemaal te horen hadden gekregen wat voor iets schandelijks mij was overkomen: mijn moeder zou mijn nieuwe geheim ongetwijfeld hebben verklapt. Ik sloot mezelf op en probeerde met dit verschijnsel te leren leven. Was deze onreine gang van zaken de enige manier waarop meisjes volwassen konden worden? Kon een menselijk wezen echt meerdere dagen leven onder de willekeur van onvrijwillige spieractiviteiten? Ik vond dat God de jongens overal bij had voorgetrokken.

Ik kwam uit bed, sleepte mezelf naar de spiegel en bekeek de twee ontluikende heuveltjes op mijn borstkas. Kon ik maar doodgaan! Ik herkende dit lichaam niet, dat me elke dag met een nieuwe schande overviel en mijn

16

zwakheid en mijn preoccupatie met mezelf groter maakte. Wat zou er hierna op mijn lichaam groeien? Welk ander nieuw symptoom zou mijn tirannieke vrouwelijkheid tevoorschijn laten komen?

Ik vond het vrouw-zijn verschrikkelijk. Ik voelde me alsof ik geketend was: uit mijn eigen bloed gesmede ketenen die me aan het bed bonden, zodat ik niet kon rennen en springen, ketenen die de cellen van mijn eigen lichaam voortbrachten, ketenen van schande en vernedering. Ik trok me in mezelf terug om mijn miserabele bestaan te verheimelijken.

Ik ging niet meer naar buiten om te rennen en te spelen. De twee heuvels op mijn borstkas waren aan het groeien. Ze deinden zachtjes als ik liep. Ik was niet blij met mijn lange, slanke lijf en ik deed mijn armen over elkaar voor mijn borsten, om die te verbergen, terwijl ik verdrietig naar mijn broer en zijn vrienden keek, die aan het spelen waren.

Ik groeide. Ik werd langer dan mijn broer, al was hij ouder dan ik. Ik werd langer dan de andere kinderen van mijn leeftijd. Ik trok me terug uit hun gezelschap en zat in mijn eentje na te denken. Mijn kindertijd was voorbij, een korte, ademloze kindertijd. Ik was me er amper van bewust geweest voordat hij om was en me liet zitten met het volgroeide lichaam van een vrouw dat diep van binnen een tienjarig kind meedroeg.

Ik zag de ogen en tanden van de portier blikkeren in zijn donkere gezicht toen hij op me af kwam; ik zat in mijn eentje op zijn houten bank en volgde met mijn ogen de bewegingen van mijn broer en zijn vrienden op straat. Ik voelde de ruwe rand van zijn galabia tegen mijn been aan komen en ademde de vreemde geur van zijn kleren in. Vol afschuw ging ik verzitten. Toen hij weer dichterbij kwam, probeerde ik mijn angst te verbergen door strak naar mijn broer en zijn kameraden te staren terwijl ze speelden, maar ik voelde zijn grove, lompe vingers mijn been strelen en onder mijn kleren omhooggaan. In paniek sprong ik op en rende bij hem vandaan. Deze afschuwelijke man had mijn vrouwelijkheid ook opgemerkt! Ik rende helemaal terug naar onze flat en mijn moeder vroeg wat er aan de hand was. Maar ik kon haar niets vertellen, misschien uit angst of uit vernedering, of uit een mengeling van beide. Of misschien omdat ik dacht dat ze me zou uitfoeteren en dat zou het einde betekenen van de speciale genegenheid tussen ons waardoor ik haar mijn geheimen kon vertellen.

Ik ging niet meer naar buiten en ik ging niet meer op de houten bank zitten. Ik vluchtte weg van die vreemde schepsels met norse stemmen en snorren, de schepsels die 'mannen' werden genoemd. Ik schiep voor mezelf een denkbeeldige privéwereld, waarin ik een godin was en mannen domme, hulpeloze schepsels waren die me op mijn wenken bedienen. In mijn wereld zat ik op een hoge troon en ik liet mijn poppen op stoelen plaatsnemen, terwijl de jongens op de vloer moesten zitten en ik mezelf verhaaltjes vertelde. Mijn vredige wereld, waarin ik alleen was met mijn verbeelding en mijn poppen, werd door niemand verstoord, behalve door mijn moeder die me onophoudelijk taken opdroeg in de flat of in de keuken: die weerzinwekkende, beperkte wereld van de vrouw, met zijn eeuwige luchtje van knoflook en uien. Ik had me nog maar amper in mijn wereldje teruggetrokken of mijn moeder sleurde me naar de keuken en zei dan: 'Op een dag ga je trouwen. Je moet leren koken. Je gaat trouwen...' Trouwen! Trouwen! Dat walgelijke woord dat mijn moeder elke dag noemde tot ik de klank ervan haatte. Ik kon het niet horen zonder in gedachten een man te zien met een grote doorkijkbuik met een tafel vol eten erin. In mijn hoofd was de geur van de keuken verbonden met de geur van een echtgenoot, en ik haatte het woord 'echtgenoot' al net zo erg als de geur van het eten dat we klaarmaakten.

Mijn grootmoeder hield op met babbelen terwijl ze naar mijn borstkas keek. Ik zag haar zieke, oude ogen de twee ontluikende knoppen opnemen en ze taxeren. Toen fluisterde ze iets tegen mijn moeder, en ik hoorde mijn moeder tegen me zeggen: 'Doe je crèmekleurige jurk maar aan en ga dan je vaders gast begroeten in de zitkamer.'

Ik merkte dat er iets samenzweerderigs in de lucht

hing. Ik was eraan gewend de meeste vrienden van mijn vader te zien en ze koffie te brengen. Soms ging ik erbij zitten en dan hoorde ik mijn vader hun vertellen hoe goed ik het deed op school. Daar werd ik altijd opgetogen van en ik dacht dat mijn vader, aangezien hij mijn intelligentie had erkend, me zou weghalen uit die deprimerende vrouwenwereld, die naar uien en trouwen rook.

Maar waarom die crèmekleurige jurk? Het was een nieuwe en ik had er een hekel aan. Er zat een rare plooi aan de voorkant waardoor mijn borsten groter leken. Mijn moeder keek me onderzoekend aan en vroeg: 'Waar is je crèmekleurige jurk?'

'Die doe ik niet aan', antwoordde ik boos.

Ze zag de eerste tekenen van opstandigheid in mijn ogen en zei spijtig: 'Strijk dan je wenkbrauwen even glad.'

Ik keek haar niet aan en voordat ik de zitkamerdeur opende, wreef ik met mijn vingers mijn wenkbrauwen door de war.

Ik begroette de vriend van mijn vader en ging zitten. Ik zag een vreemd, angstaanjagend gezicht en ogen die me, net als daarnet die van mijn grootmoeder, meedogenloos opnamen.

'Op de lagere school is ze dit jaar de beste van de klas', zei mijn vader.

Ik bespeurde geen greintje bewondering in de ogen van de man bij deze woorden, maar ik zag zijn onderzoekende blik over mijn hele lichaam gaan voordat die op mijn borst tot stilstand kwam. Onthutst stond ik op en ik rende de kamer uit alsof de duivel me op de hielen zat. Mijn moeder en grootmoeder kwamen me bij de deur enthousiast tegemoet en vroegen in koor: 'Wat heb je gedaan?'

Ik liet één enkele kreet ontsnappen in hun gezicht en vluchtte naar mijn kamer, waar ik de deur achter me dicht smeet. Toen liep ik naar de spiegel en staarde naar mijn borst. Ik haatte ze, die twee uitstulpingen, die twee vlees-bulten die mijn toekomst aan het bepalen waren. Wat zou ik ze graag met een scherp mes wegsnijden! Maar dat kon ik niet. Het enige wat ik kon doen was ze verbergen, door ze plat te drukken onder een strak korset.

Het zware, lange haar dat ik overal mee naartoe droeg op mijn hoofd bezorgde me 's morgens oponthoud, zat in de weg als ik een bad nam en brandde 's zomers in mijn nek. Waarom was het niet kort en los, net als dat van mijn broer? Dat van hem maakte zijn hoofd niet zwaar en het hinderde hem niet bij wat hij deed. Maar mijn moeder was degene die het voor het zeggen had over mijn leven, mijn toekomst en mijn lichaam, tot en met elke lok van mijn haar. Waarom? Omdat ze me had gebaard? Maar waarom maakte dat haar nu zo verdienstelijk? Ze was net als iedere andere vrouw gewoon aan het leven en was zomaar, op een toevallig, plezierig moment, zwanger ge-raakt van mij. Ik was er gekomen zonder dat ze me kende of uitkoos, en zonder dat ik haar uitkoos. Een gril van het lot had ons als moeder en dochter aan elkaar opgedrongen. Konden menselijke wezens van iemand houden die hen werden opgedrongen? En als mijn moeder instinctief van me hield, onwillekeurig, hoezo strekte haar dat dan tot eer? Werd ze daardoor beter dan een poes die de ene keer van haar jonge katjes houdt en ze een andere keer opvreet? Soms bedacht ik dat de hardvochtigheid waarmee ze me behandelde me meer pijn deed dan wanneer ze me had opgegeten! Als ze echt van me hield en mijn geluk boven het hare stelde, waarom gingen haar eisen en verlangens dan altijd in tegen mijn geluk? Hoe kon ze in vredesnaam van me houden als ze elke dag ketenen aanbracht aan mijn armen en benen en om mijn nek?

Voor het eerst in mijn leven ging ik de flat uit zonder mijn moeder om toestemming te vragen. Mijn hart bonsde toen ik over straat liep, al had mijn provocerende daad me wel een zekere kracht gegeven. Op mijn wandeling viel mijn blik op een bord: 'Dameskapper'. Ik aarzelde maar één seconde voordat ik naar binnen ging.

Ik zag de lange lokken tussen de snijvlakken van de scherpe schaar wriemelen en vervolgens op de grond vallen. Was dat nu wat mijn moeder het pronkstuk van de vrouw noemde? Kon dat pronkstuk van de vrouw zomaar afgeknipt op de grond vallen vanwege één moment van vastberadenheid? Een grote minachting voor het vrouwelijke geslacht vervulde me: ik had met eigen ogen gezien dat vrouwen geloof hechten aan waardeloze onbenulligheden. Die minachting gaf me extra kracht. Ik ging met ferme pas terug naar huis en stelde me pal voor mijn moeder op met mijn zojuist kortgeknipte haar.

Mijn moeder slaakte een schrille kreet en gaf me een harde klap in mijn gezicht. Toen sloeg ze me nog eens, en nog eens, terwijl ik bleef waar ik stond alsof ik aan de grond was genageld. Door het gezag te tarten was ik veranderd in een onverzettelijke macht; de overwinning op mijn moeder had me getransformeerd tot een solide massa die door deze aanval niet werd geraakt. Mijn moeders hand kwam tegen mijn gezicht en trok zich terug, keer op keer, alsof ze een blok graniet sloeg.

Waarom huilde ik niet? Gewoonlijk barstte ik bij de minste terechtwijzing of het zachtste tikje in tranen uit. Maar nu kwamen er geen tranen. Mijn ogen bleven open en keken mijn moeder vrijmoedig en standvastig aan. Ze bleef me een hele poos slaan voordat ze weer op de sofa neerplofte en telkens verbijsterd herhaalde: 'Je bent gek geworden!'

Ik had medelijden met haar toen ik de hopeloze nederlaag op haar gezicht zag staan. Ik voelde een hevige behoefte om haar te omhelzen en te kussen en in haar armen in tranen uit te barsten, en om tegen haar te zeggen: 'Het is niet goed voor me dat ik altijd doe wat u zegt.'

Maar ik ontweek haar blik, zodat ze niet zou beseffen dat ik getuige was geweest van haar nederlaag, en ging op een holletje naar mijn kamer. Ik keek in de spiegel en glimlachte tegen mijn korte haren, met een triomfantelijk lichtje in mijn ogen.

Voor het eerst van mijn leven begreep ik de betekenis van overwinnen: angst leidde alleen naar de nederlaag, en om te overwinnen was moed nodig. Mijn angst voor mijn moeder was verdwenen; die enorme aura waardoor ik zo verschrikkelijk bang voor haar was geweest, was er niet meer. Ik besefte dat ze een gewone vrouw was. De klappen die ze me gaf waren haar sterkste kant, maar ze maakten me niet meer bang... omdat ze geen pijn meer deden.

Ik had een hekel aan onze flat, behalve aan de kamer waar mijn boeken stonden. Ik vond school heerlijk, behalve de blokken huishoudkunde. Ik vond alle dagen van de week leuk, behalve de vrijdag.

Ik deed aan alle schoolactiviteiten mee en ging bij de toneelvereniging, het dispuut, de atletiekclub en de muziek- en kunstclubs. Zelfs dat was niet genoeg voor me, en daarom richtte ik samen met een paar vriendinnen een soos op die ik de Vriendschapsclub noemde. Waarom weet ik eigenlijk niet, behalve dat ik diep van binnen een overweldigend verlangen voelde naar kameraadschap, naar een diepgaande, allesomvattende kameraadschap die geen eisen stelde, naar grote groepen mensen om me heen die me vergezelden, met me praatten, naar me luisterden en samen met mij ongekende hoogten bereikten.

Ik had het idee dat ik, ongeacht hoe hoog ik kwam, niet tevreden zou zijn, dat het vuur dat in mijn binnenste brandde niet zou doven. Ik begon een hekel te krijgen aan de herhaling en de gelijkvormigheid van de lessen: ik las de stof maar één keer door, meer niet – hem nog een keer doornemen zou me verstikken, me doden. Ik wilde iets nieuws... aldoor iets nieuws.

Ik had hem eerst niet opgemerkt toen ik op mijn kamer zat te lezen en hij binnenliep en bij me kwam staan. Toen zei hij: 'Moet je je niet even een beetje ontspannen?'

Ik had uren zitten lezen en ik was moe, dus ik zei met een lach: 'Ik wil best een luchtje scheppen.'

'Doe je jas aan, dan gaan we.'

Ik schoot snel in mijn jas en holde achter hem aan. Bijna had ik mijn hand in de zijne geschoven om samen te rennen, zoals we dat vroeger deden, toen we kinderen waren. Maar toen ving ik zijn blik en plotseling wist ik weer hoeveel jaren het geleden was dat ik voor het laatst als een kind had gespeeld, jaren waarin mijn benen waren vergeten hoe ze moesten rennen en aan de langzame bewegingen gewend waren geraakt, net als de benen van een volwassene. Ik stak mijn hand in mijn jaszak en liep langzaam naast hem.

'Je bent gegroeid', zei hij.

'Jij ook.'

'Weet je nog, toen we samen speelden?'

'Jij kon altijd veel harder lopen dan ik.'

'Jij won altijd met knikkeren.'

We schaterden het uit. De lucht stroomde mijn borstkas in en verkwikte me, wat me het gevoel gaf dat ik iets heroverde wat me in mijn te zeer aan banden gelegde jeugd was ontzegd.

'Wedden dat ik win als we nu een potje hardlopen?'

'Nee, dan versla ik jou', zei ik vol vertrouwen.

'We zullen zien.'

We trokken een streep op de grond en gingen naast elkaar staan. Hij riep: 'Een... twee... drie...' en we schoten vooruit. Ik was bijna als eerste bij de finish toen hij me van achteren bij mijn kleren pakte. Ik struikelde en viel, en hij liet zich naast me neervallen. Nahijgend keek ik naar hem op en zag hem op een rare manier naar me kijken, waardoor ik vuurrood werd. Ik zag zijn arm naar mijn middel reiken en met een hese stem fluisterde hij: 'Ik ga je kussen.'

Er trok een vreemde, heftige rilling door me heen. In een ogenblik dat als een bliksemstraal door mijn gemoed flitste, wilde ik dat hij zijn arm verder zou uitstrekken en me stevig zou vasthouden, maar toen veranderde dat eigenaardige, geheime gevoel in een onbeheerste woede-uitbarsting.

Mijn boosheid maakte hem alleen maar nog koppiger en hij hield me in een ijzeren greep. Ik weet niet waar ik de kracht vandaan haalde, maar ik wierp zijn arm van me af zodat die de lucht in schoot, terwijl ik mijn hand hard op zijn gezicht liet neerkomen.

In opperste verwarring lag ik in bed te draaien en te woelen. Vreemde gewaarwordingen raasden door me heen en er flitsten beelden voor mijn ogen. Een ervan kwam in mijn blikveld tot stilstand en liet zich niet verjagen: mijn neef die naast me op de grond lag, met zijn arm bijna om mijn middel en zijn vreemde blikken die zich in mijn hoofd boorden. Ik deed mijn ogen dicht en werd meegevoerd door mijn fantasie, waarin zijn armen zich stevig om me heen sloten en zijn lippen zich krachtig op de mijne drukten.

Ik begroef mijn hoofd onder het dekbed, niet in staat te geloven dat ik hem een klap had gegeven met de hand die ik me nu bevend en wel in de zijne voorstelde. Ik trok het dekbed strak rond mijn hoofd om mijn vreemde droom buiten te sluiten, maar hij kwam teruggeslopen en daarom legde ik het kussen over mijn hoofd en drukte het zo hard als ik kon aan om dat hardnekkige spookbeeld te verstikken, tot ik uiteindelijk door slaap werd overmand.

De volgende ochtend deed ik mijn ogen open. Het donker en alle hersenschimmen die in dat duister op de loer hadden gelegen waren door het zonlicht verjaagd. Ik deed het raam open en de frisse lucht waaide naar binnen en verjoeg de laatste sporen van de nachtelijke dromen die waren blijven hangen. Ik lachte smalend om mijn laffe kant, die beefde van angst voor de sterkere kant als ik wakker was, maar 's nachts wel mijn bed in kroop en het donker om me heen vulde met fantasieën en illusies.

In mijn laatste jaar op de middelbare school was ik de beste van de klas... Ik vroeg me af wat ik moest gaan doen...

Ik haatte mijn vrouwelijkheid, verfoeide mijn aard en wist niets van mijn lichaam. Het enige wat me restte was afwijzen, tarten, weerstand bieden! Ik zou mijn vrouwelijkheid afwijzen, mijn aard tarten, weerstand bieden aan alle verlangens van mijn lichaam; mijn moeder en grootmoeder laten zien dat ik geen vrouw was zoals zij, dat ik mijn leven niet zou doorbrengen met uien en knoflook pellen in de keuken, al mijn dagen verkwistend opdat mijn echtgenoot alsmaar kon eten.

Ik zou mijn moeder laten zien dat ik intelligenter was dan mijn broer, dan de man voor wie ik van haar de crèmekleurige jurk had moeten aandoen, dan onverschillig welke man, en dat ik alles kon wat mijn vader deed en meer.

2

De geneeskundefaculteit? Ja, geneeskunde... Het woord had een angstaanjagend effect op me. Het deed me denken aan priemende ogen die vanachter een glimmend stalen montuur verbazingwekkend snel bewogen, en sterke, spitse vingers die een afschuwelijk lange, scherpe spuit vasthielden. Ik herinnerde me de allereerste keer dat ik een arts zag: mijn moeder bibberde van angst en keek nederig en vol respect naar hem op; mijn broer was doodsbang; mijn vader lag in bed en smeekte om hulp. Geneeskunde was iets angstaanjagends. Bij mijn moeder en broer en vader boezemde ze ontzag in, een diepe eerbied zelfs. Ik zou dus dokter worden, geneeskunde studeren, een bril met een glimmend stalen montuur dragen, mijn ogen er verbazingwekkend snel achter laten bewegen en mijn vingers sterk en spits laten worden om de afschuwelijk lange, scherpe spuit vast te houden. Ik zou mijn moeder laten bibberen van angst en haar vol eerbied naar me op laten kijken; ik zou mijn broer doodsbang maken en mijn vader me om hulp laten smeken. Ik zou de natuur laten zien dat ik de gebreken te boven kon komen van het zwakke lichaam waarin ze me had gehuld, met zijn schandelijke in- en uitwendige organen. Ik zou het opsluiten in de stalen cel die uit mijn wil en mijn intelligentie was gesmeed. Ik zou het niet de geringste kans gunnen om me de gelederen van de ongeletterde vrouwen in te sleuren.

Ik stond op de binnenplaats van de geneeskundefaculteit en keek om me heen. Honderden ogen richtten scherpe, vragende blikken op me. Ik keek onomwonden terug. Waarom zou ik mijn ogen neerslaan als zij naar me keken, mijn hoofd buigen als zij het hunne verhieven, bedeesd rondlopen als hun gang trots en vol zelfvertrouwen was? Ik was net als zij of beter. Ik richtte me op in mijn volle lengte. Ik dacht niet meer aan mijn borsten en hun gewicht aan mijn borstkas was verdwenen. Ik voelde me licht, alsof ik net zo gemakkelijk en vrijelijk kon bewegen als ik wilde. Ik had mijn levenspad uitgestippeld, de weg van de geest. Ik had mijn lichaam het doodvonnis laten ondergaan, waardoor ik niet langer vond dat het bestond.

Ik stond bij de deur van de snijkamer: een verbazingwekkend penetrante lucht... naakte mensenlijken op witte, marmeren tafels. Mijn voeten droegen me bevreesd naar binnen. Ik ging naar een van de naakte lijken toe en bleef ernaast staan. Het was een mannenlichaam, helemaal naakt. De studenten bekeken me met een slinks lachje en wachtten af wat ik zou doen. Bijna was ik omgekeerd en weggerend, maar nee, dat ging ik niet doen. Aan mijn andere kant zag ik een naakt vrouwenlichaam omringd door een groep studenten die het vrijmoedig en zonder schaamte bekeken. Ik richtte mijn blik weer op het mannenlijk en kalm, zonder terug te deinzen, nam ik de scalpel ter hand en onderwierp het aan een onderzoek.

Dat was mijn eerste confrontatie met een naakte man en tijdens dat treffen verloren mannen hun vreeswekkende macht en denkbeeldige grootheid in mijn ogen. Er was een man onttroond en hij lag naast een vrouw op een snijtafel. Waarom had mijn moeder al dat ontzaglijke onderscheid gemaakt tussen mijn broer en mij, en de man afgeschilderd als een god die ik mijn hele leven in de keuken zou moeten dienen? Waarom had de maatschappij me er altijd van geprobeerd te overtuigen dat het man-zijn een onderscheiding en een eer was, en het vrouw-zijn een zwakheid en een schande? Zou mijn moeder ooit geloven dat ik hier had gestaan met een naakte man voor me en een mes in mijn hand, en dat ik zijn maag en zijn hoofd had geopend? Zou de maatschappij geloven dat ik een mannenlichaam had onderzocht en het uit elkaar had gehaald zonder dat het me uitmaakte dat het een man was?

Wie was dat eigenlijk, die maatschappij? Waren dat niet mannen die net als mijn broer van kindsbeen af hadden geleerd zichzelf als goden te zien, en zwakke, machteloze vrouwen zoals mijn moeder? Hoe konden zulke mensen geloven dat er een vrouw was die over een man niets anders wist dan dat hij een verzameling was van spieren, slagaders, zenuwen en botten?

Een mannenlichaam! De gruwel van moeders en kleine meisjes die zich in een smoorhete keuken in het zweet werkten om het vol te stoppen met eten en het schrikbeeld ervan dag en nacht bij zich droegen. Hier lag zo'n lichaam voor me uitgestald, naakt, lelijk en in stukken. Ik had niet gedacht dat het leven mijn moeder zo in het ongelijk zou stellen of mij op deze manier wraak zou laten nemen op die akelige man die toen naar mijn borsten had gekeken en behalve die borsten helemaal niets had gezien van mij. Hier was ik en ik wierp zijn pijlen terug in zijn borst. Hier was ik en ik keek naar zijn naakte lichaam en werd onpasselijk en sneed hem met mijn scalpel in kleine stukjes.

Was dit een mannenlichaam, van buiten bedekt met haren en van binnen vol ontbindende, stinkende organen, met zijn hersenen in een kleverige, witte vloeistof en zijn hart in dik, rood bloed? Wat was hij lelijk, zowel van binnen als van buiten... zo lelijk als maar kon!

Ik onderzocht de jonge vrouw die onder mijn scalpel op de witte marmeren tafel lag. Haar lange haar was zacht en roodgeverfd, maar ze hadden het met formaline gewassen. Haar tanden waren wit en glanzend en er was een gouden voortand bij, maar bij de wortels waren ze helemaal geel; haar borsten hingen en waren een en al vel. Die twee vleesbulten die me in mijn jeugd hadden gekweld, die een meisjestoekomst bepaalden en mannenogen en -hoofden in vuur en vlam zetten, waren tot rust gekomen, verschrompeld en uitgedroogd als een oude lap schoenleer. Wat had de meisjestoekomst weinig om het lijf, wat onbetekenend was datgene wat de harten en ogen van mannen vervulde! En het lange, glanzende haar waar mijn moeder me voortdurend mee had lastiggevallen – de glorieuze kroon op het hoofd van de vrouw, waar ze haar halve leven mee verdoet om het te kappen, te laten glanzen en te verven – viel met andere onbruikbare lichaamsmaterie en losse stukjes vlees in de smerige afvalbak.

Er kwam een akelige smaak in mijn keel en ik spuugde het hapje vlees uit dat ik in mijn mond had. Ik probeerde op een stuk brood te kauwen, maar mijn tanden maalden moeizaam. Ik probeerde te slikken en voelde het brood op weg naar mijn maag langs de wanden van mijn strottenhoofd schrapen. Ik voelde de zure sappen die mijn maagwand afscheidde inwerken op het brood en mijn ingewanden zich oprekken om het in ontvangst te nemen. Ik voelde iets op mijn borst drukken en wist dat het mijn pompende hart was dat het bloed de slagaders in joeg. Ik voelde het bloed terugkruipen naar mijn aders en het zwakke kloppen van de haarvaatjes in mijn ledematen. Ik voelde de lucht mijn neusgaten in komen en door mijn keel naar beneden gaan om mijn longen te vullen. Ze dijden uit als ballonnen tot er geen lucht meer in mijn borst kwam en ik leek te stikken. Mijn lippen bewogen niet meer, ik kon mijn armen niet meer strekken, mijn hartspieren trokken niet meer samen en door mijn aders pulseerde geen bloed meer.

Lieve help, ik was doodgegaan! Geschrokken sprong ik op...

Nee, ik ging niet dood! Ik weigerde me bij al die lijken te voegen die voor me op de tafels lagen. Ik legde mijn scalpel neer en snelde de snijzaal uit. Verbijsterd keek ik om me heen en zag hoe de mensen op straat zonder er een ogenblik bij na te denken liepen en hun ledematen bewogen, een sprintje trokken om de bus te halen, hun mond opendeden en hun lippen bewogen en praatten en ademden. En dat allemaal zonder enige moeite.

Ik kalmeerde. Het leven ging door, en ik leefde nog. Ik deed mijn mond wijd open en vulde mijn longen diep inhalerend met de lucht op straat. Ik bewoog mijn armen en benen en liep te midden van de golvende mensenmassa. Ach, wat is het leven eenvoudig als je het neemt zoals het komt!

Een klein, rond voorwerp, een eivormig stuk vlees, trilde onder mijn scalpel. Ik pakte het met een hand vast en legde het op de weegschaal. Ik bevoelde het met mijn vingertoppen; het had een zacht, kronkelig oppervlak, net als de hersenen die ik daarnet uit het konijnenschedeltje had gehaald en op tafel gelegd. Konden dit echt mensenhersenen zijn? Kon deze vochtige, malse homp vlees de machtige menselijke geest zijn die over de natuur had gezegevierd, naar het binnenste van de aarde was afgedaald en er met zon en maan in een baan omheen was gebracht, die rotsen kon splijten en bergen verzetten en de atomen zo veel vuur kon ontfutselen dat hij de wereld kon vernietigen?

Ik pakte de scalpel en sneed de hersenen in stukken en die stukken vervolgens in nog meer stukken. Ik keek en voelde en groef en vond niets. Alleen een zacht stuk vlees dat onder mijn vingers uiteenviel.

Ik legde een reepje ervan onder de microscoop en zag niets dan ronde cellen waar ronde kernen in zaten, die net druiventrossen leken. Hoe werkten ze; hoe maakten ze mensen bewust en in staat om te begrijpen en te voelen? Ik sloeg het leerboek open en keek naar de illustraties waarop te zien was hoe de hersenen werkten. Het waren net tekeningen van een ingewikkeld apparaat, een televisie, een vliegtuig of een onderzeeër, of net een wereldkaart: honderden zend- en ontvangstpunten, miljoenen zenuwen en draadachtige vezels, en ik wist dat die allemaal onder de verantwoordelijkheid vielen van de homp vlees in mijn hand. Die kreeg boodschappen binnen van alle organen in het lichaam, die hij vervolgens via een aaneenschakeling van zenuwen bevelen stuurde. Hoe kon dat nu, dit kleine vleesballetje dat bevelen gaf aan hart, armen en benen; dat 'bewegen' zei tegen het hart, 'omlaag' of 'omhoog' tegen de armen, 'lopen' of 'stop' tegen de benen? Hoe kon dit hele, verstrengelde netwerk van zenuwcellen functioneren zonder dat alles met elkaar in botsing kwam? Waardoor kon het de geheimen ontcijferen van de boodschappen die hem door ogen, neus, oren, tong, vingertoppen werden toegezonden zonder ze door elkaar te halen? Ik keek nog eens door de microscoop naar de kleine, ronde cellen en vroeg me weer af hoe het leven in deze minieme hoeveelheden protoplasma kon binnendringen en kon bewegen en begrijpen en weten.

Ik sloeg mijn leerboeken open om dit mysterie te bestuderen. De scheikundeboeken zeiden dat er chemische reacties kunnen optreden die delen van de materie wijzigen en activeren. De natuurkundeboeken spraken van elektriciteit die de atomen van de materie wijzigt en leven opwekt, en het fysiologieboek had het over reflexen en secreties.

Ik begon te lezen en te zoeken en te graven tot ik de structuur en organisatie van het menselijk lichaam van buiten kende. Ik leerde de namen van alle delen van het zenuwstelsel en hoe de zenuwcellen overal in het lichaam boodschappen doorgeven; de namen van aders en slagaders, hoe lang en hoe dik ze waren, wat voor soort wanden ze hadden; de opbouw van beenderen, beenmerg en bloed; hoe ik at; hoe al mijn zintuigen functioneerden; en hoe ik sliep en droomde. Ik ontdekte hoe mijn hart klopte en waarom ik bloosde; hoe ik vuur voelde branden en hoe ik mijn hand erbij moest wegtrekken; waarom ik van gêne zweette en waarom mijn handen en voeten koud werden van angst.

Het hart was net een huis: het had kamers met spierwanden en kleppen; de wanden van de ene kamer trokken samen en de deuren gingen open en stuwden het bloed eruit, naar de kamer ernaast, waar de spierwanden ontspannen waren, en dan ging de klep dicht... Het kloppen van het hart waren de kleine geluidjes die het bloed maakte als het van de ene kamer naar de andere ging en de open- en dichtgaande deuren. Maar hoe wisten de hartspieren wanneer ze moesten samentrekken en wanneer ze moesten ontspannen? Een boodschap! Ze kregen een telegram van een zenuw die in verbinding stond met een centrum in de borstkas, dat op zijn beurt naar een van de hersencentra voerde. Hoe kwam het bloed van de longen bij het hart en hoe ging het weer terug naar de longen om gezuiverd te worden? Het werd allemaal gecontroleerd door een exact en nauwlettend systeem. Elke lichaamsholte had een speciaal membraan en de bloeddruk werd nauwlettend gereguleerd terwijl het bloed onophoudelijk van vat naar vat stroomde.

Waarom voelde ik het vuur mijn vinger branden? Omdat de zenuwuiteinden in mijn vingers een boodschap naar de hersenen stuurden, die haar interpreteerden als een door verbranding veroorzaakte pijn en een snelle boodschap naar mijn armspieren stuurden die ze beval samen te trekken en mijn vinger bij het vuur vandaan te halen. Wie had gedacht dat die boodschappen tussen de vingertoppen en de hersenen heen en weer kunnen schieten in de tijd die het ons kost om onze vingers weg te trekken bij de hitte waaraan ze zich branden?

Ik ging pas van gêne zweten als er tussen de zenuwcentra in mijn hersenen en mijn zweetklieren onderhandelingen hadden plaatsgevonden die resulteerden in het bevel van de hersenen dat de klieren hun druppeltjes moesten laten vloeien.

Mijn handen en voeten werden pas koud als het angstsignaal aan de hersenen was doorgegeven en ze de bloedvaten vlak onder het huidoppervlak de opdracht hadden gegeven om in te krimpen, zodat het bloed eruit wegstroomde om een mogelijke verwonding onder handen te nemen.

Ik leerde hoe beelden en geluiden van de hersenen naar het oog en het oor werden overgebracht. En hoe in de hitte van de oven levende organismen brood werden, een levenloze substantie, en hoe die vervolgens werd omgezet

naar levend weefsel in de warmte van de menselijke ingewanden.

Ik leerde dat een deel van mijn hersenen in mijn slaap
alert en bewust bleef en mijn hartslag en fluisterende
ademhaling bewaakte en mijn droombeelden controleer-
de. Het voorkwam dat ik uit bed viel als ik op de rug van
een strijdros het luchtruim in vloog of naar beneden
stortte en in de bulderende oceaan verdronk. En het
maakte me wakker voordat ik van schrik in bed plaste
omdat een woudduivel zijn tanden in mijn vlees zette.

Een enorme, nieuwe wereld opende zich voor me. Eerst
vond ik dat verontrustend, maar ik dook er algauw gretig
in, gegrepen door een uitzinnige zucht naar kennis. De
wetenschap onthulde me de geheimen van het menselijk
bestaan en liet geen spaander heel van de enorme verschillen die mijn moeder tussen mij en mijn broer had
geprobeerd op te bouwen.

De wetenschap leverde me het bewijs dat vrouwen net
mannen waren en mannen net dieren. Hart, zenuwstelsel
en hersenen bij een vrouw waren precies hetzelfde als die
van een man, en hart, zenuwstelsel en hersenen bij een
dier waren precies hetzelfde als die van een menselijk
wezen. Er waren geen wezenlijke verschillen tussen hen!
Een vrouw bevatte van binnen een man en een man
verborg diep in zijn binnenste een vrouw. Een vrouw
had mannelijke organen, sommige zichtbaar en andere
verborgen, en een man had vrouwelijke hormonen in zijn

bloed. Mensen hadden een ingekorte staart in de vorm van een paar werveltjes onder aan hun ruggengraat; en dieren konden huilen.

Deze nieuwe wereld, die mannen, vrouwen en dieren naast elkaar plaatste, verrukte me, net als de wetenschap, die een machtige, rechtvaardige en alwetende godheid leek; daarom schonk ik haar mijn vertrouwen en omarmde ik haar leerstellingen.

Het enige wat ik van hem kon zien waren zijn gezichtje, zijn ogen die wanhopig op zoek waren naar een of ander teken van medeleven, en zijn dunne, blote armen die beefden van de kou. Zijn hele lijf ging schuil onder harde metalen schijven waar rubberslangen uit staken die naar mensenoren gingen die op de oren van een konijn leken. De stethoscopen werden opgetild en even lieten ze delen van zijn blote borst zien, maar hun plaats werd algauw door andere ingenomen; sommige werden door ruwe, gezwollen vingers vastgehouden, andere door zachte handen met roodgelakte nagels, en ze drukten met het koude metaal op zijn kinderribben.

Ik hoorde de stem van de professor zeggen: 'Luister maar eens naar deze hartslag.'

De handen van mijn medestudenten die zich om het zieke kind verdrongen duwden me naar voren en met de stethoscoop in mijn oren stond ik te wachten tot er een plekje vrijkwam op het magere lichaam. Ik zag de ronde, rode afdruk die het vorige instrument had achtergelaten; het mijne weifelde onzeker in mijn hand en ik vond het onmogelijk om het op het geïnfecteerde lichaam te plaatsen; mijn hand begon onbeheerst te trillen. Op dat ogenblik werd ik ruw opzijgeduwd en de studentenmenigte werkte me bij het bed vandaan. Een student met dikke brillenglazen ging op mijn plaats staan en ramde zonder aarzeling zijn stethoscoop op de kinderborst, alsof hij de pijnlijke kring daar niet had gezien. Een zwakke klacht die aan de droge kinderlippen ontsnapte werd niet gehoord door de luidruchtige menigte die om een plaatsje aan zijn ziekbed streed.

Ik onderdrukte de neiging om zo hard als ik kon te schreeuwen en mijn handen knokten met mijn rede in een poging dit te doorbreken en die wrede vingers die de stethoscoop vasthielden weg te rukken van de kinderborst. Maar ik stond daar met mijn mond dicht en met bewegingloze handen; want mijn rede bleef alert en sterk en trouw aan de wetenschap; en de god van de wetenschap is machtig en zonder genade...

Hij stond voor me met kromme, blote benen vol haren. Hij keek me protesterend aan: 'Moet mijn onderbroek ook uit?'

De professor keek hem kil en onverbiddelijk aan en commandeerde: 'Alles uitdoen!'

De zieke bleef me onthutst aankijken en pakte aarzelend de bovenkant van zijn slip. Zonder hem uitstel te gunnen schoot de professor op hem af en trok de slip naar beneden, waardoor de man in zijn blootje voor ons kwam te staan.

Ik deed de steriele handschoenen aan en liep op hem toe. Hij kon van gêne en ergernis niet stil blijven staan... Hoe kon een vrouw hem zich laten uitkleden en hem dan onderzoeken? Hij deed een verwoede poging om terug te deinzen, maar de professor gaf hem een mep in zijn gezicht, waarop hij zichzelf aan mijn tastende vingers overleverde alsof hij een lijk was.

De god van de wetenschap kent geen genade en geen schaamte. Wat was hij hardvochtig! Wat had ik veel te verduren terwijl ik hem aanbad! Het lichaam van een levende verloor alle respect en waardigheid en werd onder mijn blik en mijn zoekende vingers net een lijk dat in mijn hoofd uiteenviel in een warboel van organen en in stukken gesneden ledematen.

De nacht was koud en verlaten, het duister dood en stil. Het grote ziekenhuis met zijn verlichte ramen lag in het donker op de loer als een wilde hyena. Het gekerm en de gemene hoest van de patiënten rukten aan de gordijnen van de nacht. Ik stond alleen bij het raam van mijn kamer en staarde naar het witte bloempje dat openging in de vaas naast me. Toen ik het aanraakte, rilde ik alsof ik een lijk was dat voor het eerst iets levends beroerde. Ik bracht het tot vlak bij mijn gezicht en ademde de geur ervan in, waarbij ik me voelde alsof ik een veroordeelde gevangene was die zijn neus tegen de ijzeren tralies van zijn cel drukt om het aroma van het leven in te ademen. Ik hief mijn hand naar mijn nek en mijn vingers streken langs de metalen armen van de stethoscoop die als de strop van een galg om mijn nek hing. De witte jas om mijn schouders stonk naar ether, ontsmettingsmiddel en jodium.

Wat had ik mezelf aangedaan? Mijn leven verbonden aan ziekte, pijn en dood; er mijn dagelijkse bezigheid van gemaakt mensenlichamen te ontkleden zodat ik hun geslachtsdelen kon zien, hun pijnlijke zwellingen kon betasten en hun afscheiding kon analyseren. Ik zag niets anders meer van het leven dan zieken die verdwaasd, snikkend of bewusteloos in bed lagen; hun ogen mat, geel of rood; hun ledematen verlamd of geamputeerd; hun ademhaling onregelmatig; hun stem schor of kreunend van de pijn. Kon ik dit levenslange vonnis de rest van mijn leven verdragen? Ik voelde een diepe droefgeestigheid, zoals een gevangene die moet voelen als zijn laatste sprankje hoop is vervlogen.

Ik ging van mijn kamer naar de grote gemeenschapsruimte. Ik sloeg een medisch tijdschrift open en probeerde erin te lezen, maar ik kon niet voorkomen dat mijn gedachten afdwaalden naar de artsenvleugel, waar de collega die nachtdienst had nu sliep. Zonder duidelijke reden viel me in dat ik midden in de nacht alleen was met

een man en dat alleen een dichte deur me van hem
scheidde. Alhoewel ik klaarwakker was, kwam dit denkbeeld in me op alsof het een droom was en ik was bang...
Nee, niet bang, bezorgd... Nee, ook dat niet, want ik voelde
begeerte, of niet zozeer begeerte, maar wel een vreemd,
verontrustend gevoel waardoor ik af en toe een steelse blik
op de dichte deur wierp.

Bij mijn elleboog zoemde de telefoon en de stem van de
nachtzuster riep me naar het bed van een patiënte. Ik was
er in een oogwenk. Het was een jonge, getrouwde vrouw.
Ik luisterde naar haar hartslag; de door reuma verdikte
hartkleppen waren knarsende geluiden gaan voortbrengen, die afweken van de klanken die ik bij gezonde harten
had gehoord. De kleppen waren hun souplesse kwijt en
konden de hartkamers niet langer goed afsluiten, waardoor het bloed er klokkend als bij een versleten waterrad
tussendoor sijpelde.

Ik keek naar de jonge vrouw en zag een glinstering in
haar ogen. 'Hoe zal ik hem noemen?' vroeg ze me. 'Het is
mijn eerste kind.'

Ik gaf haar een injectie die haar ogen voor mijn blik
verborgen achter een verdovende sluier en zei: 'Dat weet
ik niet. We weten nog niet of het een jongen of een meisje
wordt.'

De tijd verstreek, afschuwelijke ogenblikken, en ik keek
naar het gladde, zwarte hoofdje van het kind dat uit het

duister het licht in kwam, in de harde metalen greep van de wetenschap. Ik luisterde naar het hart van de vrouw dat vocht en kreunde, het bloed dat zwakjes klokte en de moeizaam bonzende kleppen. Toen schoot het kind naar buiten en het slaakte een luide kreet en ik straalde van verrukking, overdonderd door dit menselijke wezen dat voor het eerst van zijn leven zijn oogjes opsloeg en de grote, wijde wereld zag.

Het moment erna werd ik me bewust van een vreselijke stilte, net de stilte van het graf. Het geklok van het bloed en het bonzen van de kleppen waren gestopt. Ik keek naar de vrouw: haar gezicht was koud en roerloos als een granieten standbeeld en haar borstkas bewegingloos als een houten kist. Wat was er met haar gebeurd? Een paar ogenblikken geleden was ze nog aan het praten, bewegen en ademen. Vliegensvlug paste ik alle hulpmiddelen toe die de medische wetenschap kent om een mensenleven aan de klauwen van de dood te ontfutselen. Ik spoot oplossingen en opwekkende middelen in haar aders; diende haar via de neus zuurstof toe; probeerde haar longen met kunstmatige beademing aan de gang te krijgen; stak een lange naald rechtstreeks in haar hart; opende haar borstkas en begon haar hart te masseren om er het leven in terug te brengen; blies in haar mond en sloeg haar in het gezicht in mijn poging haar een reactie te ontlokken. Maar niets hielp. De wetenschap stond machteloos. Niets op aarde had de macht om dit kleine, gesloten ooglid zelfs nog maar één keer te openen.

Ik richtte mijn aandacht op de pasgeboren baby, die in de armen van de zuster huilend en gillend met zijn beentjes trappelde. Was het niet bijzonder dat deze brok levend vlees was voortgekomen uit dat stijve, dode lichaam dat op de koude metalen tafel lag? Ik verborg mijn hoofd in mijn handen en liet me zakken in een stoel die vlakbij stond. Waarom kon de wetenschap, die tirannieke god aan wie ik mijn respect betuigde, me niet verklaren hoe hartkleppen door de gevolgen van reumatiek konden worden vernietigd? Hoe kon het hart van een jonge vrouw voor altijd stoppen? Hoe kon een stervende vrouw een levend kind baren, een sprankeltje leven voortkomen uit dode materie? Hoe kwam het dat de levensvlam helder brandde en dan doofde? Waar komt de mens vandaan en waar gaat hij naartoe?

Mijn innerlijke strijd verbreedde zich en richtte zich van het mannelijke en het vrouwelijke naar de omarming van de mensheid in haar geheel. Menselijke wezens bleken onbetekenende schepsels te zijn, ondanks hun spieren, hun hersencellen en de gecompliceerdheid van hun ader- en zenuwstelsel. Een kleine, voor het blote oog niet waarneembare microbe kon door de neus worden ingeademd en de longcellen aanvreten. Een niet-identificeerbaar virus kon op een willekeurige plek toeslaan en ervoor zorgen dat de cellen van de lever of milt of enig ander lichaamsdeel zich razendsnel vermenigvuldigden en alles om zich heen verslonden. Een kleverig druppeltje dat zich vanuit de amandelen een weg baande naar het hart kon verlamming tot gevolg hebben. Een prik met een dunne naald in het allerkleinste vingertje kon gehoor, zicht en spraak wegnemen. Eén willekeurige luchtbel kon per ongeluk in de bloedstroom terechtkomen, waardoor het lichaam een roerloos lijk werd, net als een stinkend huisdier of een paard in ontbinding.

Deze arrogante, trotse en machtige mens die alsmaar pronkzuchtig rondstapte en zich opwond, nadacht en veranderingen doorvoerde, werd op aarde ondersteund door een lichaam dat een draadbreedte van de vernietiging vandaan was. Eenmaal doorgeknipt – wat op zekere dag hoe dan ook moest gebeuren – was er geen macht op aarde die die draad weer kon samenvoegen.

De wetenschap tuimelde van haar voetstuk en viel – net als vóór haar de mens dat had gedaan – naakt en machteloos aan mijn voeten.

Verward en ontdaan keek ik om me heen: de wetenschap had mijn aanvankelijke geloof vernietigd zonder me naar een nieuwe overtuiging te leiden. Ik besefte dat het pad van de rede, dat ik me heilig had voorgenomen te volgen, kort en oppervlakkig was en bij een levensgrote, onneembare barrière eindigde.

Ik sperde mijn ogen wijd open. Wat moest ik doen? Op mijn schreden terugkeren of me tegen deze hinderpaal aan drukken en me er ter bescherming aan vastklampen?

In feite waren deze opties voor mij geen van beide be-schikbaar: mijn opstandige daden hadden me een soort sterkte en wilskracht gegeven waardoor het voor mij niet mogelijk was me ter bescherming vast te klampen aan iets wat buiten mezelf lag; des te meer als dat een enorm obstakel was waar geen doorkomen aan was.

Dus merkte ik dat mijn voeten me in een helemaal nieuwe richting meenamen.

3

Ik pakte het weinige wat ik had in en stapte op de trein die me ver weg zou voeren van de stad... weg van de universitaire docenten en hun laboratoria, van mijn moeder en de rest van mijn familie, en van zowel mannen als vrouwen.

In een afgelegen, rustig dorp betrok ik een klein huis. Ik zat op het balkon van mijn plattelandswoning en richtte mijn blik van de weidse, vredige groene velden naar de heldere blauwe lucht. De warme zonnestralen beschenen mijn lichaam terwijl ik ontspannen op een comfortabele bank lag. Ik rekte me geeuwend uit in een verrukkelijk nietsdoen.

Voor het eerst was er niemand bij me en het voelde alsof ik de deklagen verwijderde die zich gedurende de lange jaren van mijn voorbije leven hadden opgestapeld. Ik werd geconfronteerd met mijn naakte zelf en ging wat ik zag nauwgezet bestuderen.

Ik pakte er geen mes bij en stak ook geen stethoscoop in mijn oren, maar ontdeed me van alle medische en wetenschappelijke kennis die ik had vergaard, de mensen die ik had gezien en gekend en de gevechten die ik door de jaren heen had doorstaan en die me uiteindelijk op een dood spoor in mijn denken hadden gezet. Ik liet ook mijn gedachten los en begon te voelen.

Voor het eerst van mijn leven voelde ik zonder te denken, ik voelde de warme zon op mijn lichaam, voelde die mooie, vreedzame groenheid die de aarde kleedde, het betoverende, diepe blauw dat de hemel bedekte. Oog in oog met de natuur zag ik haar betoverende magie, onbezoedeld door het holle geraas van de stad; de gedegenereerde, gevangengenomen vrouwelijkheid van de vrouw; de arrogante, bazige mannelijkheid van de man; en het beperkte, vruchteloze gekwetter van de wetenschap.

Ik besefte dat de natuur een mooie en machtige god was die de broze, fiere mensheid tijdens haar korte leven had geprobeerd uit te dossen in goedkope, lelijke gewaden, louter uit trots en prestatiedrang. Ik voelde mijn hart sneller kloppen en daardoor werd mijn geest vervuld van onbekende stromen met stemmingen en emoties. Voor het eerst in lange tijd kon ik mijn hart voelen kloppen zonder dat mijn hersenen mijn hoofd inderhaast voorzagen van afbeeldingen van hartspieren en slagaders en een schatting maakten van de hoeveelheid bloed die eruit kwam stromen. Mijn hart klopte in een nieuwe taal die noch de wetenschap, noch de geneeskunde had kunnen verhelderen, een taal die ik verstond met mijn pas ontwaakte gevoelens, maar die voor mijn oude, ervaren geest niet te begrijpen zou zijn geweest. Ik ondervond dat emotie scherpzinniger was dan de rede. Ze was dieper geworteld in het menselijke hart, hechter verbonden met de ruimere geschiedenis van de mensheid, trouwer aan haar aard, er ontvankelijker voor en er diepgaand door op de proef gesteld.

Ik rekte me nog wat verder uit op de sofa, strekte mijn benen en liet de nieuwe golf emoties die door mijn lichaam trok over me heen komen. Er kwam een plotse gedachte in me op: dit was het lichaam dat ik ooit ter dood had veroordeeld, het vrouwenlichaam dat ik genadeloos had geofferd aan de voeten van de god van de wetenschap en de rede, en nu kwam het weer tot leven. Ik had mijn kinderjaren en puberteit en mijn ontluikende vrouwzijn vernietigd in een vurige strijd: tegen wie? Tegen mezelf, mijn menselijkheid en mijn natuurlijke impulsen. En zonder reden, aangezien ik op het punt stond het allemaal achter me te laten en opnieuw te beginnen, vanuit de bakermat van het leven; met het primitieve, vlakke land dat spontaan en vrijgevig gewassen voortbracht; met de ongerepte natuur die de aarde al miljoenen jaren bedekte; met de plattelandsbewoners, die in alle eenvoud de vruchten van de aarde aten en onder het bomendak hun intuïtie volgden en aten, dronken, kinderen kregen, ziek werden en stierven zonder ooit naar het hoe of waarom te vragen.

Ik glimlachte en schoot toen in de lach, zodat ik mezelf kon horen lachen. Mijn moeder had me altijd gezegd dat een meisje niet zo hard mocht lachen dat de mensen haar konden horen, dus mijn lach was altijd bij mijn lippen verstomd, voordat hij geluid voortbracht. Ik deed mijn mond zo ver als ik kon open en lachte en snoof en de lucht stroomde mijn borstkas in – zuivere, schone lucht zonder rook en koolmonoxide... en zonder de medische wetenschap en alle maatschappelijke verbeteringen. De samenstelling van deze lucht kon me niet schelen; ik wist alleen dat hij verfrissend was en mijn oververhitte binnenste verkoeling bracht. Vol overgave liet ik de zonnestralen op mijn lichaam neerkomen: zuivere, schone stralen, onbezoedeld door een wetenschappelijke analyse van hun schadelijke dan wel heilzame eigenschappen.

Een eenvoudige, vriendelijke man van het land bracht me een blad eten: plat brood, room, boter en eieren. Ik at met een animo dat ik niet meer had gehad sinds ik een klein kind van nog geen negen was. Ik vergat mijn moeders aanwijzigingen over hoe een meisje moet eten en de waarschuwingen van de medische stand over boter en room, en propte mijn mond vol. Ik dronk koud water uit een kan van aardewerk, luidruchtig en op mijn kleren morsend. Ik at tot mijn honger was gestild en dronk tot mijn dorst was gelest. Inmiddels was de sofa gloeiend heet en daarom ging ik languit op de koele, vochtige aarde liggen. Ik liet mijn gezicht erop rusten terwijl ik de geur die er diep van binnen vandaan kwam in me opnam en voelde me opgetogen omdat ik erbij hoorde en er een deel van was.

Een zachte bries duwde mijn rok omhoog over mijn bovenbenen, maar de ontsteltenis die ik vroeger zou hebben gevoeld als mijn bovenbenen werden ontbloot, bleef uit. Hoe had mijn moeder me het denkbeeld weten bij te brengen dat mijn lichaam om de een of andere reden schandelijk was? De mens werd naakt geboren en hij stierf naakt. Al zijn kleding was niet meer dan uiterlijk vertoon, een poging om zijn ware aard te verbergen.

Terwijl ik de bries mijn kleren liet optillen, voelde ik dat ik herboren was en dat mijn gevoelsleven pas op het moment van deze wedergeboorte goed en wel tot stand was gekomen. Maar deze boreling was wel een machtige reus die wilde leven... sterker nog, die zijn recht op leven opeiste.

Ik werd midden in de nacht gewekt door luid geklop op de deur. Ik keek naar buiten en zag een zieke oude man die door een groepje boeren werd ondersteund. Ik liet hen binnen, deed mijn witte jas aan en beluisterde de borst van de zieke. Het geluid van zijn hartslag was vermengd met een kreunend geluid en ik sloeg mijn ogen op om hem aan te kijken. Zijn ogen waren in wanhoop op mij gericht zoals een drenkeling naar een reddingsboei staart waar hij net niet bij kan. Het was net alsof ik plotseling alle kennis kwijt was en nog nooit een patiënt had onderzocht. Voor het eerst zag ik werkelijk de ogen van iemand die leed en hoorde ik het geluid van zijn kreunen.

Hoe had ik in het verleden patiënten kunnen onderzoeken? Hoe hadden mijn leraren me ervan weten te overtuigen dat een zieke niet meer was dan een lever, een milt of een verzameling ingewanden en darmen? Hoe hadden ze me zover gekregen dat ik mensen in de ogen keek, met mijn lampje erin scheen, de oogleden met mijn vingers omhoog duwde, zonder hun zuiverheid en onschuld op te merken? Hoe hadden ze me zover gekregen dat ik mensen in de keel keek zonder hun pijnkreten te horen?

Ik rilde. Voor het eerst van mijn leven zag ik de patiënt als een hele persoon, niet als een losjes geassembleerd geheel van afzonderlijke onderdelen. De vermoeidheid en het ziek zijn van de oudemannenogen drongen tot me door en zijn kreten overbrugden de kloof tussen mijn oren en mijn hart.

Helemaal van streek stond ik tegenover mijn patiënt, met mijn ogen strak op hem gericht, met gespitste oren om zijn zacht gefluisterde gekerm op te vangen, terwijl mijn ziel geruisloos het onbekende tafereel van menselijk leed gadesloeg en mijn geest in stilte een nieuwe betekenis van het leven in zich opnam.

Ik legde mijn hand op mijn hart en leunde met mijn

hoofd tegen de muur. Er lag iets zeer verontrustends in de doffe, wanhopende ogen. Iets in het zwakke gekerm ontmoedigde mijn ziel. Het was iets ongewoons dat ik eerder niet had herkend of ondervonden en waar ik me niet eerder bewust van was geweest: pijn, ja, pijn! Voor het eerst in mijn leven voelde ik pijn. Het was een heftig gevoel dat door vele lagen heen drong en diep in mijn binnenste reikte, tot het bij de genotscentra aankwam. Ik had pijn, maar ik voelde het genot van de pijn, het genot van mijn menselijkheid terwijl ik de overvloedige krachten ervan aanwendde en de onbekende horizonten ervan verkende.

Mijn hele wezen slorpte dit genot tot de laatste druppel op en mijn ziel zoog de pijngewaarwording leeg. Duizelig geworden liet ik me op een nabije stoel neervallen, deed mijn ogen dicht en begon te huilen. Ik huilde zoals ik nog nooit had gehuild, alsof mijn ogen nooit hadden geweten wat huilen was. Hete tranen die ik altijd had ingeslikt vloeiden in een woeste stroom over mijn wangen en ik deed geen poging ze te bedwingen. Ik liet ze komen, voor wat ze waard waren, om het in mijn geest opgehoopte stof weg te spoelen, om de donkere sluier die mijn hart afschermde los te halen en mijn ziel te bevrijden uit de gevangeniscel van dodelijke starheid waar ze verkommerde! Ik zwichtte voor de pijn.

Ik kwam bij mijn positieven toen ik een geluid hoorde: het was een zwak geluid, maar vol warmte. Ik hoorde hem zeggen: 'Niet huilen, dokter. Ik maak het goed.'

Ik deed mijn ogen open en keek naar hem. Zijn glimlach was zwak en bedaard, maar hij verried genegenheid en vriendelijkheid. Het was alsof hij degene was die met mij meeleefde, me bij de hand wilde nemen en me wilde geven van wat hij had; alsof hij degene was met kennis en kracht terwijl ik niets had. Een lichamelijke ziekte leek in het niet te vallen bij een geestesziekte. Ik had het gevoel dat hij de dokter was en ik de patiënt.

Ik zou niet geloofd hebben dat mijn vertrouwen in de menselijkheid weer zou opleven, net toen ik het had verloren en had besloten dat het een mensenleven minder substantie had dan een luchtbel... laat staan dat ik het, nadat ik het was kwijtgeraakt in het heldere licht van de stad met al zijn schitterende gebouwen, vliegtuigen en geavanceerde wapentuig, zou terugvinden in een achterlijke grot... door toedoen van een zieke, oude plattelandsbewoner die niets bezat dan de kleren die hij droeg, in plaats van tussen professoren in de geneeskunde en intellectuelen.

Het was een klein glimlachje van droge, gebarsten lippen, maar het bevatte de betekenis van het leven... de betekenis die degenen in de mensenmassa ontgaat, die de wetenschap uit het oog verliest te midden van het geraas van haar apparatuur en die de rede niet bij machte is te verklaren. Die betekenis was liefde: liefde voor het leven en al zijn genot en pijn, bij ziekte en gezondheid, de bekende en onbekende onderdelen ervan, elk begin en elk einde. Liefde. Mijn hart bonsde bij het nieuwe woord, er trok een huivering van verlangen door me heen en in mijn binnenste ontbrandde een vuur.

Hoe kon ik verder leven? Ik was tegelijkertijd een gretig kind met onbedorven, onbeproefde gevoelens en een gediplomeerd arts met een oude geest. Er waren vijfentwintig jaren van mijn leven verstreken zonder dat ik had gevoeld wat vrouwzijn was. Mijn hart had nog nooit sneller geklopt vanwege een man; mijn lippen hadden dat wonderbaarlijke ding dat een kus wordt genoemd nimmer geproefd. Ik had het bezielende vuur van de adolescentie niet beleefd. Mijn kindertijd was verspild door tegen mijn moeder, mijn broer en mezelf op te boksen. Leerboeken hadden me mijn jongemeisjesjaren en mijn ontluikende vrouwelijkheid gekost. En nu stond ik hier, een kind van vijfentwintig, dat wilde spelen, rennen, vliegen en beminnen.

Ik pakte mijn weinige bezittingen in en stapte op de trein die me de wereld binnen zou voeren en bij mezelf vandaan zou halen. Mijn zelf had ik leren kennen: ik hoefde me er niet meer zo stevig aan vast te klampen dat ik van het leven afgesneden was. Het leven, waarvan ik de essentie bijeen had gegaard van de aarde, als een duif die graan oppikt met zijn snavel; het leven, dat ik met elke cel van mijn wezen, lichaam en ziel was gaan liefhebben en dat ik vanuit een onweerstaanbaar verlangen wilde vasthouden.

Hoe kon ik mezelf na alles wat er was gebeurd opsluiten in een akelig isolement? Ik moest terug; dus ging ik weer naar huis, naar mijn familie, mijn werk en mijn patiënten. Ik opende mijn armen voor het leven en omhelsde mijn moeder, waarbij ik voor het eerst voelde dat ze mijn moeder was. Ik omhelsde mijn vader en begreep wat het wilde zeggen om een dochter te zijn en ik omhelsde mijn broer en wist hoe de broederliefde aanvoelde. Toen keek ik om me heen, op zoek naar iets wat nog altijd ontbrak, iemand die er niet was. Wie was dat? Het diepst van mijn wezen schreeuwde om hem, mijn ziel riep hem aan. Wie kon hij zijn?

Een heftig verlangen trok door me heen, door mijn lichaam en mijn ziel: het smachten van een ziel die bevrijd door de rede naar liefde snakt, en van een maagdelijk lichaam dat net is vrijgelaten uit zijn ijzeren cel. Ik vroeg me af hoe een ontmoeting tussen een man en een vrouw zou zijn. De nachten werden langer terwijl de fantasieën en waandenkbeelden zich rond mijn bed schaarden. Lange, sterke armen omsloten mijn middel. Een mannengezicht kwam dichter bij het mijne. Hij had mijn vaders ogen en mijn neefs mond, maar hij was de een noch de ander. Wie was hij? Het gebabbel van de meisjes op school kwam in mijn geheugen bovendrijven. Ik zuchtte en kreunde en kreeg de fantasieën van een pubermeisje; het was net alsof ik nooit sectie had verricht op een mannenlichaam of het had ontkleed en had gewalgd van de lelijkheid ervan.

Was ik het vergeten...? Ik weet het niet... Maar ik was het vergeten... En nu werd voor mij het wonderbaarlijke mysterie van het levende menselijke lichaam in ere hersteld... Misschien was mijn vrouwelijkheid opstandig uit haar gevangenis tevoorschijn gekomen, waarbij ze alle herinneringen die in mijn geheugen waren opgeslagen uit elkaar haalde. Misschien hadden de stormachtige verlangens van mijn ziel de lelijke beelden van het lichaam met wortel en al uit mijn verbeelding gerukt, of had het heftige beven van mijn hart de geneeskundige kennis uit mijn hoofd verjaagd.

De dag brak niet langer aan. De warmte van mijn bed werd een gloeiende oven en het ochtendlicht kon niets doen om de nachtelijke dromen te verdrijven.

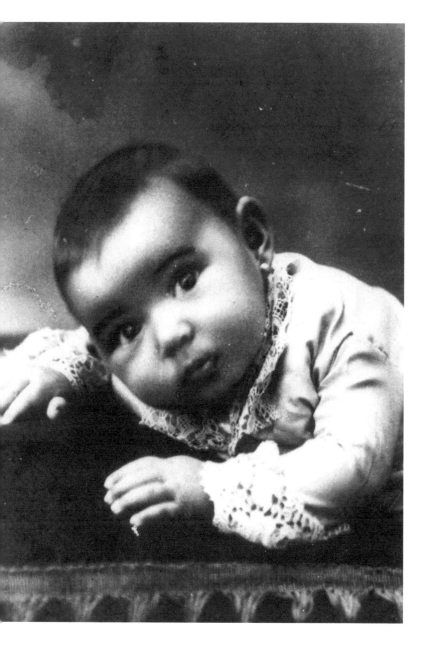

4

De telefoon rinkelde naast mijn bed en ik deed één oog half open om te kijken hoe laat het was. Het was twee uur 's nachts. Traag tilde ik de hoorn op en een dringende stem zei tegen me: 'Dokter! Mijn moeder is erg ziek. Komt u haar alstublieft redden.'

Ik sprong het warme bed uit, trok haastig mijn jas aan, greep het koffertje dat klaarstond voor noodoproepen en reed snel naar het huis van de patiënt.

Ik luisterde naar haar wegstervende hartenklop, het geluid van een hart dat door ouderdom was verzwakt en waar het leven bijna uit weg glipte. Ik haalde de stethoscoop uit mijn oren en merkte toen ik om me heen keek de aanwezigheid op van een lange man die bij me stond met een wanhopige, bezorgde blik in zijn ogen: 'Is ze er heel slecht aan toe, dokter?'

Ik liep zonder te antwoorden de kamer uit. Hij kwam me achterna naar de huiskamer en vroeg me weer, vol ongeduld: 'Is het heel ernstig?'

'Nee,' zei ik langzaam, 'het is niets ernstigs. Ze is gewoon aan het doodgaan.'

Hij keek me vol afgrijzen en verbazing aan en zei: 'Doodgaan? Nee! Dat is onmogelijk!'

Hij begroef zijn hoofd in zijn handen, liet zich in een nabije stoel vallen en begon met een gedempt, huiverend geluid te huilen. Ik wachtte tot zijn huilbui over was en hij zijn ogen opsloeg om naar me te kijken, voordat ik tegen hem zei: 'Iedereen gaat dood.'

'Maar ze is mijn moeder, dokter.'

'De ouderdom heeft haar eronder gekregen. Het is heel normaal dat ze nu doodgaat.'

Hij veegde zijn ogen af en ik stak mijn hand uit om de zijne te schudden, met de woorden: 'Laat haar in haar eigen kamer blijven, zodat ze haar leven in alle rust kan beëindigen.'

De tranen welden weer op in zijn ogen en ik deed de deur open en ging weg.

Ik zat in mijn spreekkamer met een glas warme anijsdrank in mijn hand die de dienstdoende zuster voor me had gemaakt toen de laatste patiënt de praktijk had verlaten. Mijn uitgeputte vingers kromden zich om het glas om in de warmte ervan troost en ontspanning te vinden. Ik hield mijn vermoeide gezicht dicht bij de stoom die ervan afkwam en inhaleerde diep, want ik vond de geur van anijs lekkerder dan de smaak. Op dat ogenblik kwam de zuster binnen om te zeggen dat er een man was die me wilde spreken.

De man kwam binnen. Ik herkende hem en ging staan om hem een hand te geven. Toen hij tegenover me ging zitten, merkte ik dat hij een zwarte das droeg. Ik condoleerde hem. 'Bedankt, dokter', zei hij met neergeslagen ogen.

Hij bleef met gebogen hoofd zitten en ik pakte mijn glas en nam een grote slok van mijn drankje. Hij sloeg zijn ogen op en bekeek het glas nieuwsgierig.

'Wilt u een glas anijsdrank?' vroeg ik hem.

Hij keek me verbaasd aan. 'Anijsdrank?'

Ik lachte om zijn verbazing, waarop hij glimlachte en zei: 'Ik kom u bedanken.'

'Ik heb niets gedaan.'

'U bent midden in de nacht gekomen.'

'Dat is de taak van een dokter.'

'U hebt me de waarheid gezegd.'

'Ik zou u die in dit geval niet hebben onthouden.'

'Het is iets heel pijnlijks.'

Ik gaf geen antwoord en hij keek naar me en zei: 'Vindt u het niet pijnlijk om naar iemand te kijken die aan het doodgaan is?'

'Het is de draaglijkste vorm van pijn die ik tegenkom.'

'Wat is er moeilijker te aanvaarden dan de dood?'

'Een ongeneeslijke ziekte of een ernstige lichamelijke

mismaaktheid of een geestelijk gebrek.'

'Hebt u dat allemaal moeten zien?'

'Ze maken deel uit van het leven van iedere dokter.'

'Het spijt me, dokter. Ik heb op mijn werk niet met kwetsbare menselijke wezens te maken. Ik werk met harde steen.'

'Bent u ingenieur?'

'Ja.'

We waren allebei een ogenblik stil, toen zei ik tegen hem: 'Maar hebt u dan geen pijn en lijden gekend in uw leven?'

'Dit is de eerste keer dat ik iemand heb zien sterven en de eerste keer dat ik heb gehuild sinds ik een klein kind was.'

Dat verbijsterde me. Het leven was hard, veel harder dan stenen! 'U hebt het leven dus nog niet meegemaakt', zei ik.

Hij keek me recht aan en leek iets te gaan zeggen, maar besloot toen dat niet te doen. Ik meende een vreemde uitdrukking in zijn ogen te zien: iets wat zwakte en behoefte uitdrukte, vermengd met kinderlijkheid en naïviteit, waardoor ik graag iets voor hem wilde doen. Hij stond op en stak zijn hand uit met de woorden: 'Nogmaals bedankt, dokter.'

Hij draaide zich om en ging naar de deur, maar stapte niet meteen naar buiten. Hij keek naar me om en moest kennelijk moeite doen om iets onder woorden te brengen.

Toen hoorde ik hem zeggen: 'Ik zou graag een andere keer nog eens met u praten, maar...'

Hij stopte en begon opnieuw, terwijl hij in het geheel niet mijn kant uit keek: 'Ik weet dat u niet veel vrije tijd hebt.'

Ik gaf geen antwoord en met zijn ogen nog altijd van me afgewend, stamelde hij: 'Kan ik u nog eens ontmoeten?'

Ik staarde hem aan: er was een blik in zijn ogen die mijn aandacht trok, maar zijn gezichtsuitdrukking overtuigde me niet; het enige sterfgeval dat hij had meegemaakt was dat van zijn moeder en hij was niet vertrouwd met ziekte en pijn. Zou hij in staat zijn dit oude, ervaren brein tevreden te stellen of de belangstelling op te wekken van dit gulzige, volkomen ongeremde kind?

Maar hij was de eerste man op wie ik mijn ogen had laten rusten en ik zei: 'U kunt me nog eens ontmoeten.'

Ik zat naast hem op een van de grote stenen die de voet van de piramide vormden terwijl mijn ogen naar de verre horizon tuurden en de rode schijf van de zon bekeken die achter dikke, grijze wolken tevoorschijn kroop.

'Waar denk je aan, dokter?' hoorde ik hem zeggen.

'Waarom noem je me altijd dokter?'

'Vind je dat niet leuk?'

'Dan moet ik aan mijn patiënten denken, die me roepen als ze pijn hebben.'

71

'Het is een magische benaming. Ik ben trots als ik haar gebruik wanneer ik met je praat. Je bent de eerste vrouwelijke dokter die ik ken.'

'Echt?'

'Toen ik je liet komen om naar mijn moeder te kijken, dacht ik niet dat ik met de dokter sprak toen ik je stem door de telefoon hoorde. En toen ik je mijn moeders kamer in zag komen, kon ik niet geloven dat je de dokter was.'

'Waarom niet?'

'Ik had me voorgesteld dat een vrouwelijke dokter lelijk of oud zou zijn, of allebei, met dikke brillenglazen en een kromme rug van al dat lezen en hard werken. Het was niet bij me opgekomen dat ze een mooie vrouw kon zijn.'

'Waarom niet?'

'Het is moeilijk voor een vrouw om mooi zijn te combineren met slim zijn.'

'Waarom?'

'Dat weet ik niet.'

'Dan zal ik je dat vertellen: omdat een meisje vanaf haar prille jeugd wordt grootgebracht met de gedachte dat ze een lichaam is en verder niets, dus wordt de rest van haar leven haar lichaam haar grootste zorg en beseft ze niet dat ze ook een geest heeft waarvoor gezorgd moet worden en die aangemoedigd moet worden zich te ontwikkelen.'

'Waarom doen ze dat?'

'Omdat mannen, die in het leven de sleutelposities innemen, niet willen dat vrouwen iets anders zijn dan mooie, domme dieren tussen wier benen ze kunnen liggen als ze daar zin in hebben. Mannen willen vrouwen niet als gelijken of partners; ze willen dat zij ondergeschikt zijn en hen bedienen.'

Hij lachte en dat deed ik ook. Hij kwam dichterbij en zei: 'Zo'n man ben ik niet. Ik wil een vrouw die mijn partner is, niet mijn bediende. Ik ben trots op je geest. Je kunt je niet voorstellen hoe blij ik ben als ik je praktijkruimte binnenstap en met eigen ogen al die mannen en vrouwen zie die smachtend naar jouw mening en jouw vakkennis op je zitten te wachten, zodat je ze kunt genezen en gezond kunt maken. Hoe zou een vrouw met een stel hersenen als de jouwe in huis kunnen worden opgesloten om voor het eten te zorgen? Of iemand met jouw intelligentie en eruditie haar leven kunnen verspillen met borstvoeding geven als een ongeletterde boerin... erger nog, als een kat of een hond? Het zou absurd zijn, een belediging voor jou en het hele mensenras.'

Zijn woorden drongen tot mijn opstandige binnenste door, brachten er rust en kalmeerden mijn verwarde hart. Ik voelde het conflict tussen mij en het mannelijke geslacht vervliegen en steunde tevreden met mijn vermoeide hoofd tegen de piramidesteen. Waarom had mijn moeder niet zo tegen me gepraat, of de maatschappij de waarheid van zulke denkbeelden niet onderkend? En hier zat een man die het wel deed, die erkende dat vrouwen een geest hadden; dat een vrouw net als een man zowel een lichaam als een geest had. Hier zat een man die precies die woorden zei die ik telkens tegen mezelf had gezegd sinds ik voor het eerst had gemerkt wat er om me heen gaande was.

Ik keek naar hem en probeerde erachter te komen waar deze rechtvaardige, weloverwogen woorden vandaan kwamen. Uit de diepgang die hij verborgen hield, of uit zijn keel? Ik zag niets. Van een kloof tussen zijn diepgang en zijn keel was geen sprake. Misschien zag ik helemaal geen diepgang bij hem, of misschien was de zon wel in die diepe spleet gevallen waar hij elke nacht in verdwijnt en had het duister de scherpe omtrekken van de dingen vervaagd.

Ik voelde zijn koude handen en keek hem aan. Zijn zachtaardige, onderdanige glimlach wekte mijn moederinstinct, maar zijn zwakke, smekende blikken wisten mijn vrouwelijkheid niet te prikkelen. Kwam dat omdat hij zwak was, zwakker dan ik? Of omdat hij mijn ervaring met leed niet had? Of omdat zijn ogen die diepe innerlijke kracht ontbeerden die mannenogen naar mijn idee moesten hebben? Kwam het omdat mijn bloed nog altijd de instincten bevatte van een primitieve vrouw uit het woud die de man liefhad die haar aan hem onderwierp? Toch raakte hij iets in me. Misschien verschafte zijn zwakte me de bevestiging van mijn eigen kracht. Misschien streelde de behoeftige blik in zijn ogen mijn geest, die nog altijd wilde domineren.

Glimlachend zei hij tegen me: 'Mama had dezelfde krachtige blik... maar haar ogen waren groen.'

Het woord 'mama' klonk misplaatst en ongerijmd wanneer het tevoorschijn kwam vanonder een dikke, borstelige snor, waardoor zijn gelaatstrekken leken op die van een klein kind bij wie er een dood, zwart insect aan zijn bovenlip kleefde.

'Waarom kijk je zo naar me?' hoorde ik hem vragen.

'Hield je van je moeder?'

Zijn ogen vulden zich even met tranen. 'Heel veel', zei hij. Zijn tranen raakten me niet. Hij ging verder: 'Toen ze stierf, leek de wereld leeg... maar ik heb jou gevonden en hij was weer vol.'

'Dat is vreemd!'

'Wat?'

'Dat de wereld je leeg kan lijken nadat er iemand is gestorven.'

'Ze was mijn moeder en ik hield zielsveel van haar. Alles wat ze deed was uit liefde voor mij. En jij dan? Hield jij niet van je moeder?'

'Ik hield van haar... maar mijn leven heeft ze nooit gevuld.'

'Misschien hield je meer van je vader?'

'Niet meer, niet minder.'

'Wie was dan de belangrijkste persoon in je leven?'

'Het was geen persoon.'

'Wat was het dan?'

'Dat weet ik niet. Misschien is mijn leven nooit gevuld geweest. Of misschien probeerde ik iets te bereiken.'

'Wat voor iets?'

'Dat weet ik niet. Misschien iets veelomvattends.'

'Mensen beter maken?'

'Misschien wat meer dan dat.'

'Zou je voor altijd met mij willen leven?'

Hij vroeg me dat terwijl hij me als een moederloos kind aankeek. Hij maakte krachtige moederlijke, menslievende en altruïstische instincten en verlangens in me wakker en ik voelde zijn behoefte aan mij me naar hem toe trekken en me aan hem binden.

Ik keek hem teder aan en hij vroeg me weer: 'Wil je met me trouwen?'

Het woord 'trouwen' bonkte in mijn hoofd en verjoeg alle andere gedachten naar de achtergrond. Wat had dat voor me betekend toen ik een kind was? Een man met een grote buik. In mijn hoofd was de geur van de keuken de geur van het huwelijk. Ik had een hekel aan het woord en ik had een hekel aan de geur van eten. Zonder te beseffen wat ik deed, vroeg ik hem: 'Hou je van eten?'

Hij keek me verbaasd aan en zei: 'Eten?'

'Ja.'

'Wat stel je me nu voor een vreemde vraag?'

'Mannen trouwen om te eten.'

'Wie heeft je dat verteld?'

'Iedereen.'

'Het is niet waar.'

'Waarom heb je niet aan trouwen gedacht terwijl je moeder bij je woonde?'

'Mijn moeder kookte niet alleen voor me. Ze gaf me alles wat ik verder nodig had.'

'Dus je gaat trouwen zodat iemand anders je alles kan geven wat je nodig hebt?'

'Nee', zei hij; en het was alsof hij ja zei.

De oude man met een grote witte tulband keek hem met diep respect aan en luisterde naar alles wat hij zei, maar mij zag of hoorde hij niet. Ik leek voor zijn ogen te verdwijnen. Hij had een pen in zijn hand en er lag een groot, gelinieerd schrift voor hem op tafel.

'Hoeveel wilt u bij wijze van voorschot betalen, meneer, en wat wordt dan het saldo?'

Wat waren dit voor droeve frasen die over zijn droge lippen kwamen? Voorschot? Saldo? Ging de man die me niets te geven had nu betalen zodat hij met me kon trouwen? Maar de man met de tulband kon niet weten wie van ons degene was die iets te geven had. Hij zag alleen een man en een vrouw en wat hem betrof was de man degene met de bezittingen.

Ik keek de sjeik uit de hoogte aan en zei: 'Schrijf maar "niets" op.'

Een en al afkeuring keek hij op zijn beurt mij aan: hoe waagde een vrouw het om in het bijzijn van mannen te spreken!

'Dan is de overeenkomst niet rechtsgeldig', verkondigde hij op bureaucratische toon.

'Waarom niet?'

'Dat vertelt ons de wet.'

'Dan kent u de wet niet.'

Hij sprong op uit zijn stoel en zijn tulband viel van zijn hoofd. Hij ving hem met beide handen op en riep: 'God zij genadig! God zij genadig!'

De sjeik bevochtigde zijn vingers met het puntje van zijn tong, doopte de pen in de inkt, mompelde de bijpassende godsdienstige formules, schoof zijn wijde mouw uit de weg voordat hij twee formulieren invulde en er mij een overhandigde met de woorden: 'Hier tekenen.'

Koppig antwoordde ik: 'Laat me het eerst even doorlezen.'

Hij keek me geërgerd aan, maar liet me het vel papier lezen. Mijn oog viel op onverwachte woorden, woorden die ik associeerde met huurcontracten voor flats en winkels en landbouwkavels: 'Heden ... ten overstaan van mij ... door mijzelve ... ik zus-en-zo ... ambtenaar verbonden aan deze-en-gene rechtbank ... huwelijk van zus-en-zo en zus-en-zo ... door betaling van deze-en-gene bruidsschat door de echtgenoot ... een bedrag dat deels heden betaald dient te worden ... en deels op afbetaling ... wettig huwelijk volgens het Goddelijke Boek en de Wet van Zijn Profeet, God zegene Hem en hebbe Hem zalig ... met de wettige toestemming van bovengenoemde echtgenoot ... voortvloeiend uit de vaststelling dat partijen geen van beide zijn bezwaard met godsdienstige dan wel burgerlijke beletselen, en uit het feit dat echtgenote geen inkomen of salaris van regeringswege geniet noch bezittingen heeft met een hogere waarde dan ... in aanwezigheid van de getuigen ...'

Ik pakte het document met beide handen beet, klaar om het in stukken te scheuren, maar mijn aanstaande echtgenoot nam het van me aan, en door de zwakte en de behoefte die ik in zijn ogen zag, schaamde ik me voor mijn rebelse daad en verachtte ik mezelf omdat ik tegen hem in ging. Zachtjes zei hij: 'Het is gewoon een formaliteit; dat is alles', en ik tekende.

Ik had net zo goed mijn doodvonnis kunnen tekenen. Mijn naam, het eerste woord dat ik ooit had gehoord en dat in mijn bewuste en onbewuste geest verbonden was met mijn bestaan en heel mijn wezen, werd ongeldig. Hij gaf zijn naam aan mijn buitenkant. Ik zat naast hem en hoorde de mensen me bij mijn nieuwe naam aanspreken. Ik keek verbijsterd naar hen en naar mezelf, alsof ze het niet echt tegen mij konden hebben. Het was alsof ik was doodgegaan en mijn geest was overgegaan in het lichaam van een andere vrouw, die op mij leek maar een vreemde, nieuwe naam had.

Mijn privéwereld, mijn slaapkamer, was niet meer van mij alleen. Mijn bed, dat nog nooit door iemand was gedeeld, werd ook het zijne. Telkens als ik me omdraaide of bewoog, raakte mijn hand zijn onverzorgde, verwarde hoofd of zijn arm of been, plakkerig van het zweet. Het geluid van zijn ademhaling naast me vulde de omringende atmosfeer met een sombere jammerklacht. Er was niets wat me aan deze man bond als zijn ogen dicht waren. Ik zag hem als een levenloos lichaam, net als die in de snijkamer. Maar zodra hij zijn ogen opendeed en me een van zijn zwakke, smekende blikken toewierp, die mijn moederinstinct aanwakkerden maar er niet in slaagden enige seksuele reactie in me op te roepen, zag ik hem als mijn eigen kind, dat uit mij was voortgekomen op een plek en een tijdstip waar ik me niets van herinnerde.

'Ik ben de man.'

'Dus?'

'Ik heb het hier voor het zeggen.'

'Wáár heb je het voor het zeggen?'

'In dit huis, over alles wat erin staat, met inbegrip van jou.'

De eerste tekenen van verzet begonnen zich te vertonen: zijn gevoelens van zwakte ten opzichte van mij hadden zich in zijn binnenste omgezet in de wens mij onder controle te houden.

'Ik wil niet hebben dat je elke dag uit huis gaat', zei hij.

'Ik ga niet voor mijn lol. Ik werk.'

'Ik wil niet hebben dat je mannenlichamen onderzoekt en ze uitkleedt.'

De zwakke plek waar een man zich op richt in zijn poging zeggenschap te krijgen over een vrouw: dat ze tegen andere mannen moet worden beschermd. De jaloezie van de man op zijn vrouw: hij beweert bang te zijn omwille van haar, terwijl hij in werkelijkheid bang is omwille van zichzelf; beweert haar te beschermen, om haar in bezit te nemen en vier muren op te trekken om haar heen.

'We hebben de inkomsten uit de praktijk niet nodig', hield hij aan.

'Ik werk niet voor het geld. Ik hou van mijn werk.'

'Je moet vrij zijn voor je echtgenoot en je huis.'

'Wat bedoel je?'

'Sluit de praktijk.'

Hij was tot de conclusie gekomen dat het mijn werk was dat me de kracht verschafte die hem in zijn zeggenschap over mij belemmerde. Hij dacht dat het geld dat ik elke maand verdiende, hoeveel of hoe weinig dat ook was, hetgeen was waardoor ik zo fier standhield. Wat hij niet besefte, was dat mijn kracht en trots los stonden van het gegeven dat ik een baan had en over een eigen inkomen beschikte; dat beide er waren omdat ik de psychologische behoefte die hij aan mij had, niet aan hem had. Ik had die behoefte niet aan mijn moeder, mijn vader of iemand anders, omdat ik van niemand afhankelijk was, terwijl hij afhankelijk was geweest van zijn moeder en haar daarna door mij had vervangen.

En toch beschouwde hij zichzelf als een man. Hij had mannentrekken: een zware stem en een borstelige snor. Andere mannen waren bij hem in dienst, vrouwen keken steels naar zijn snor en kinderen die hij op straat of in een steegje voorbijliep durfden geen brutale opmerkingen te maken of stenen naar hem te gooien.

'Sluit de praktijk', drong hij aan.

'En de patiënten dan, en alle mensen die ik daarmee teleurstel?'

'Er zijn nog wel meer dokters dan jij.'

'En mijn toekomst, en de kennis die ik mijn halve leven heb vergaard?'

'Ik ben je leven.'

'En al die dingen die je tegen me hebt gezegd?'

'Ik wist niet hoe het zou zijn.'

Ik keek hem met wijdopen ogen aan. Zijn ogen stonden flets en hadden geen diepgang. Zijn handen waren hard en ruwer dan ik me had voorgesteld, zijn vingers korter en ze zagen er stupide uit. Wie was deze vreemde naast me? Wie was deze vleeshomp die ik mijn echtgenoot noemde?

Hij kwam dichterbij, pakte mijn hand, fluisterde in mijn oor en hield zijn gezicht tegen het mijne. Ik probeerde zijn gewichtige blik en de tegenstrijdigheid van zijn woorden te vergeten, probeerde de getuigenis van mijn oren en ogen te negeren, maar het ging niet. Mijn geheugen was helder en waakzaam; elk woord werd bewaard. Mijn geest was al te alert en dwong me beelden van zijn deprimerende werkelijkheid onder ogen te zien. Ik kon van vlakbij zijn tanden en zijn grote, platte konijnenoren zien.

Ik trok me terug maar hij sloeg zijn bezwete armen om me heen en fluisterde met een schorre, droevige stem in mijn oor. Ik duwde hem geïrriteerd van me af en zei boos: 'Waarom heb je tegen me gelogen?'

'Ik wilde je hebben.'

'Dat is belachelijk. Ik ben geen stuk land!'

'Ik ben degene die de bevelen uitdeelt! Ik ben je echtgenoot!'

De zwakke, behoeftige blik was uit zijn ogen verdwenen en de draad die me aan hem had gebonden, was doorgeknipt. Er kwam een harde, arrogante uitdrukking in zijn oppervlakkige blik: niet zoals een sterke man kijkt, maar een zwakke man wanneer hij een minderwaardigheidscomplex ontwikkelt omdat hij eraan gewend is zichzelf op straat als de sterke te zien, en aanvoelt dat hij in eigen huis de zwakke is.

Ik zat in mijn spreekkamer met mijn hoofd in mijn handen en erkende tegenover mezelf dat ik een fout had gemaakt. Ik had in het donker iemands woorden geloofd zonder dat ik in zijn binnenste had kunnen kijken. Ik had me laten verleiden door zijn zwakte en zijn behoefte aan mij. Ik had niet beseft dat er bij een zwak iemand onder de oppervlakte complexen en gemene, lage karaktertrekken schuilgaan die een sterker iemand zou verachten en waaraan hij zou ontstijgen. Ja, ik had het verkeerd aangepakt. Ik had mijn hart en mijn hoofd niet gevolgd en gedaan wat deze man wilde en een huwelijksovereenkomst gesloten die op een huurovereenkomst leek voor een winkel of een flat. Had ik hem door dat te doen niet het gezag over me gegeven? Had deze overeenkomst hem niet mijn echtgenoot gemaakt?

Mijn echtgenoot! Die woorden die ik nog nooit had gezegd! Wat betekenden ze voor me? Een fors lichaam dat het halve bed in beslag nam. Een gapende mond die nooit ophield met eten. Twee platvoeten die sokken en lakens bevuilden. Een dikke neus die me de hele nacht wakker hield met zijn gesnurk en gefluit.

Wat moest ik nu doen? De verantwoordelijkheid voor mijn fout nemen en aanvaarden dat ik voor altijd met hem zou leven? Maar hoe kon ik met hem leven, met hem praten, hem in de ogen kijken, hem mijn lippen bieden, mijn lichaam en ziel bij hem corrumperen? Nee, nee. De fout die ik had gemaakt verdiende al deze straffen niet; beslist niet.

Iedereen maakt fouten. Het leven bestaat uit goed en fout. We komen alleen te weten wat goed is door onze fouten. Het is niet zwak en dom om een fout te maken, maar om fouten te blijven maken.

De monden van de mensen vielen open van verbijstering en protest. Hoe kon ze haar man verlaten? En waarom?

Hoe durven ze, deze mensen die zichzelf met lichaam en ziel aan me overleverden, die ik van een slopende ziekte en de dood redde? Welk recht hadden zij om bezwaar te maken tegen iets uit mijn privéleven of om me hun meningen te vertellen? Ik was degene die hun raad gaf over wat ze moesten eten en drinken, hun uitlegde hoe ze moesten ademen, slapen, leven, zich voortplanten... Waren ze dat vergeten, of dachten ze dat ik, als ik mijn stethoscoop neerlegde en mijn witte jas uitdeed, mijn geest en intelligentie en persoonlijkheid aan de kant zette? Wisten zij veel!

Mijn moeder had mijn jeugd bedorven, de studie had mijn adolescentie en mijn jaren als jonge vrouw opgeslokt en wat me nog van mijn jeugd restte kon op de vingers van één hand worden geteld. Ik ging die jaren niet verspillen en er was niemand die me daartoe zou dwingen.

5

Het kleine wereldje dat ik vroeger als kind maakte met stoelen en poppen werd werkelijkheid. De magische sleutel zat in mijn zak. Ik kon komen en gaan wanneer ik wilde, zonder wie dan ook te vragen of het mocht. Ik sliep alleen in een bed, zonder echtgenoot, en draaide naar believen van rechts naar links of van links naar rechts. Ik zat aan mijn bureau om te lezen en te schrijven of om te piekeren en na te denken of om helemaal niets te doen.

Ik was vrij, helemaal vrij in dat kleine wereldje van me. Ik deed mijn deur dicht en wierp met mijn schoenen en kleren mijn namaakleven met andere mensen af en scharrelde naar welgevallen door het huis. Ik was er helemaal alleen. Ik kon geen stemmen horen of mensen die ademhaalden en ik hoefde niet naar de lichamen van andere mensen te kijken. Voor het eerst van mijn leven werd mijn hart van een zware last verlost, de last van in een huis wonen dat je met anderen deelt.

Midden in de nacht opende ik mijn ogen bij het geluid van mijn hart, dat in mijn borstkas bonsde als de vermoeid marcherende voeten van een verslagen leger. Achter mijn ribben raspte mijn ademhaling lawaaierig als een knarsend, versleten waterrad. Mijn open ogen zagen niets dan duisternis en mijn oren bonsden in de ontzaglijke, doodse stilte. Ik was bang dat mijn hart zou ophouden met meekruipen, mijn ademhaling raspend tot stilstand zou komen, het duister het licht in mijn ogen zou doven en mijn gehoor te midden van het gebons verloren zou gaan.

In een poging iets te zien staarde ik het donker in en ik luisterde ingespannen. Ik zag de grote massa van het donker zich opsplitsen in een heleboel kleinere massa's met koppen en staarten en horens en in de doodse stilte verspreidden zich geluiden: gefluister, geruis, gejammer. Ik bedolf mijn hoofd onder het dekbed en de spookverschijningen en de herrie verdwenen. Het gebons in mijn borstkas nam af en het knarsende geluid stierf weg. De warmte van het bed sijpelde mijn gewrichten in en mijn ledematen door en ik geeuwde vergenoegd en strekte mijn armen, tastend naar de slaap. Maar de slaap was er niet en ik sloot iets anders in mijn armen, of iemand... iemand die ogen had als die van mijn vader, maar mijn vader niet was, en lippen als die van mijn neef, maar mijn neef niet was. Wie was hij? Het spook dat door de nachten van mijn jeugd had rondgewaard, begon me weer op te zoeken. De nachten werden langer en het bed groter. De eenzaamheid leek niet meer zo aantrekkelijk.

Waar zou ik hem vinden? Hoe kon ik in deze enorme, overvolle wereld hopen dat ik het denkbeeldige wezen waar mijn innerlijke zelf zo vertrouwd mee was, zou tegenkomen, het in mijn verbeelding verankerde spook-beeld van een man? Ik kende de blik in zijn ogen, het timbre van zijn stem, de vorm van zijn vingers, de warm-te van zijn adem, de diepten van zijn hart en geest. Ik kende die, ik kende die. Hoe wist ik niet, maar ik kende die.

Bestond hij in het echte leven of was hij een en al hersenspinsel van mij? Zou ik hem ooit ontmoeten of bleef ik altijd op hem wachten? En hoe zat het met dat reusachtige verlangen om te beminnen en bemind te worden dat in me sluimerde? Moest ik dat uit mijn leven weren of het proberen te vervullen? Maar hoe kon ik het vervullen als het liever totale onthouding had dan valse of onvolledige vervulling? Ik wilde een perfecte man, zoals degene in mijn verbeelding, en een perfecte liefde, en die doelstellingen zou ik geen van beide laten varen, al moest ik nog zo lang alleen blijven. 'Alles of niets' was mijn onveranderlijke uitgangspunt en ik zou me nooit bij halve maatregelen neerleggen.

Ik besloot hem overal te zoeken: in paleizen en kelders, in nachtclubs en kloosters, in de fabrieken van de wetenschap en de tempels van de kunst, in het felle licht en in het aardedonker, op verheven toppen en in diepe afgronden, in bruisende steden en in ongerepte, verlaten wouden.

Waarom keken de mensen me verbijsterd aan? Had ik om hen tevreden te stellen niet al genoeg van mijn leven vergooid? Wilden ze dat ik met mijn handen onder mijn kin thuis zat wachten op de een of andere man die me als een koe kwam kopen? Was het niet mijn natuurrecht om mijn man te kiezen? En hoe werd ik dat geacht te doen? Door alleen maar andere vrouwen te ontmoeten of naar plaatjes in boeken te kijken of de enige man te nemen die mij koos? Uiteraard moest ik naar veel mannen kijken om hem te vinden. Ik moest in beweging blijven, naar hun gezichten en in hun ogen kijken, naar hun stemmen en de manier waarop ze ademden luisteren, hun vingers en hun snorren aanraken, hun hart en geest onderzoeken. Hoe kon ik mijn man ooit herkennen in het donker of vanachter een geblindeerd raam of op een kilometer afstand? Was het dan voor mij niet van levensbelang om hem in het licht te zien, hem uit te proberen en hem te leren kennen? Kwam ervaring niet vóór kennis, of wilden ze dat ik het net als de vorige keer fout deed? Ik had geen keuze, ik moest me wel zonder scrupules in de meest riskante belevenis van een vrouwenleven storten: een man kiezen en de liefde zoeken.

Het enige wat ik van hem kon zien waren zijn ogen. De rest van zijn gezicht was altijd verborgen achter een wit beschermkapje en zijn vingers in steriele handschoenen. Zijn lichaam werd aan het oog onttrokken door de wijde operatiejas en zijn voeten door het operatieschoeisel. Zijn adem viel weg tegen de doordringende etherlucht van de anesthesieapparatuur.

Ik zag hem steels naar me kijken. We waren alleen in de kamer, afgezien van de bewusteloze man op de operatietafel, wiens ogen dicht waren en wiens ingewanden uit een groot gat in zijn maag naar buiten puilden. Ik vroeg me af waarom hij de moeite nam om te proberen zijn daad te verbergen: was hij bang voor de bewusteloze man of voor mij of voor zichzelf, of was dit zijn gewone manier van doen?

Ik hoorde hem vragen: 'Waarom ben je zo afgeleid? Aan wie denk je?'

'Aan de man.'

'Welke man?'

'Degene wiens maag we zojuist hebben opengemaakt.'

Hij lachte, en dat kon ik maar al te goed horen, kort en minachtend, alhoewel ik zijn lippen of zijn tanden niet kon zien. Ik zweeg en hij begon in de maag van de man te rommelen, op zoek naar diens dikke darm. Na een poosje stak hij hem tussen een tang omhoog en zei: 'Verwijderen heeft geen zin. De kanker heeft hem aangetast en er zijn uitzaaiingen in het buikvlies.'

Ik keek naar het gezicht van de slapende man en het voelde alsof er een mes in mijn borst was gestoken. Ik keek naar de grond en slikte stilletjes mijn tranen in.

Ik hoorde hem lachen en zeggen: 'Ben je daar nog niet aan gewend?'

'Daar zal ik nooit aan wennen.'

Hij keek me zwijgend aan en we maakten de maag van de patiënt dicht zonder iets te zeggen, totdat hij plotseling zei: 'Weet je aan wie ik denk?'

'Nee.'

'Ik denk aan jou.'

Hij benadrukte elk woord, waarbij hij zijn ogen strak op mij richtte, en in plaats van naar de grond te kijken beantwoordde ik zijn blik zorgvuldig en weloverwogen.

Hij staarde me aan alsof hij alle ideeën die een man mogelijkerwijs over begeerte kon hebben, probeerde over te brengen. 'Als een vrouw eenmaal getrouwd is geweest, is ze veel geëmancipeerder dan een jonge maagd.'

Ik keek hem boos aan en zei: 'Mijn emancipatie komt niet voort uit een fysieke verandering in mijn lichaam. En beperkingen van mijn lichaam komen niet voort uit mijn angst voor iets triviaals als een maagdenvlies dat door een toevallige stoot kan scheuren en door de naald van een chirurg kan worden hersteld. Ik leg mezelf vrijwillig beperkingen op en mijn vrijheid, zoals ik het woord opvat, breng ik op dezelfde manier in praktijk.'

Even keek hij me venijnig aan en hij zei: 'Waarom ben je dan bang?'

'Waarvoor?'

'Voor mij.'

'Voor jou!'

Wat wilde hij van mij of wat wilde ik van hem? Ik wist het niet zeker, maar ik wilde iets te weten komen, over mannen of over mezelf, wat nog niet was opgehelderd.

Ik liep vastberaden naar zijn voordeur en belde met een air van zelfvertrouwen aan. Hij glimlachte breed, zonder zijn genoegen over zijn overwinning te verbergen, en zei: 'Ik had niet gedacht dat je zou komen.'

'Waarom niet?'

'Ik dacht dat je me nog niet vertrouwde.'

'Dat doe ik ook niet.'

Ik ging zitten en hij kwam naast me zitten, waarbij zijn been het mijne bijna raakte. Dus ik stond op en ging tegenover hem zitten. Met een sluwe glimlach vroeg hij: 'Waarom wil je niet naast me zitten?'

Terwijl ik hem recht aankeek, zei ik: 'Ik zit liever tegenover je, dan kan ik je ogen zien.'

Hij gaf geen antwoord en ik probeerde hem te dwingen me aan te kijken, maar zijn ogen bleven wegschieten. Hij dacht even na, stond vervolgens op om naar een andere kamer te gaan en kwam terug met een lange fles. Hij vulde een glas.

'Wat is dat?' vroeg ik.

'Je geest is scherp als een zwaard.' Hij keek begerig naar mijn benen. 'Daar wil ik aan ontsnappen.'

Mijn geest was net een zwaard! Hij wilde aan mijn geest ontsnappen! Was dit een gevecht? Wat wilde deze man? Hij glimlachte vreemd, en terwijl ik zijn gezicht bestudeerde, had ik het gevoel dat hij zich voorbereidde op een gevecht dat hij per se wilde winnen. Het gevecht tussen een man en een vrouw: die vreemde nepwedstrijd waarin de vrouw de man in haar eentje tegemoet treedt, maar de man op de barricaden staat van traditie, wetten en geloofsovertuigingen, in de rug gesteund door al die generaties en een eeuwenlange geschiedenis, en allemaal mannen, vrouwen en kinderen, linie na linie, met een scherpe tong in de aanslag, als de kling van een zwaard, ogen gericht als de loop van een geweer en monden die tekeergaan als mitrailleurs.

De man wordt door de wereld ondersteund en heeft de scepter van het leven in zijn hand. Hij bezit verleden, heden en toekomst. Eer, respect en moraliteit zijn allemaal van hem: onderscheidingen die hij heeft verdiend in het gevecht tegen vrouwen. Hij bezit de geestelijke en de materiële wereld. Hij bezit zelfs het druppeltje sperma dat op het eind van het gevecht in de vrouw wordt gedeponeerd. Hij beslist of hij dat al dan niet erkent, er zijn naam en een eerzame plek in het leven aan geeft, het te laten leven of het te laten vernietigen.

De vrouw staat voor de man, door de wereld beroofd van haar vrijheid, haar eer, haar naam, haar zelfrespect, haar ware aard en haar wil. Iedere zeggenschap over haar geestelijke en materiële leven is haar ontnomen, zelfs haar zeggenschap over de kleine vrucht die ze in haar binnenste schept met haar eigen bloed en cellen en de atomen van haar geest en hart.

Ik zag hem weer glimlachen. Waarom glimlach je zo, Man? Zou je in staat zijn dit gevecht te benoemen?

Hij kwam dicht naar me toe; zijn hete adem prikte in mijn gezicht en ik deinsde achteruit. Hij kwam me op handen en knieën achterna en ik stond op en ging bij hem vandaan.

Wat gebeurde hier? Waarom ging een man aan zijn begeerte ten onder? Waarom verdween zijn wilskracht zodra hij met een vrouw alleen was, zodat hij een wild dier op vier poten werd? Waar was zijn macht? Waar was zijn kracht? Waar waren zijn gezag en leiderschapskwaliteiten? Wat waren mannen zwak! Waarom had mijn moeder goden van hen gemaakt?

Ik keek naar hem, naar zijn ogen, zijn vingers en zijn tenen. Ik richtte het zoeklicht van mijn blik op hem en keek vol aandacht in de diepten van zijn hart en geest en vond er alleen holle, lege woestenij, een oppervlakkige geest en een vals hart. Toen wist ik waarom hij zich van mijn geest wilde bevrijden: hij was net een dief die iets van me wilde stelen als ik niet oplette. Ik keek hem aan met medelijden en minachting. Ik had met hem te doen, dus ik trok me uit de confrontatie terug, mezelf verachtend omdat ik had overwogen het gevecht aan te gaan met iemand die zo veel zwakker was dan ik.

Ik voelde me sterker dan hij, ondanks de barrières die hij meesleepte, de barrières waarmee hij zich omringde, het wapenarsenaal dat hem steunde. Ik had dat allemaal niet nodig; mijn kracht zat in mijn binnenste, in mijn wezen. Ik zou mijn hand niet eens door een man laten aanraken als ik dat niet wilde, zelfs al zat ik tussen vier hoge muren met hem opgesloten; maar als ik het wel wilde, zou ik me voor het oog van de wereld aan hem geven, zonder geheimzinnigheid of stiekem gedoe. Het was mijn wil die mijn gedrag richting gaf, niet de plaats of de tijd of andere mensen.

Ik zag hem weer op me af komen. Hij legde zijn hand op de mijne en ik voelde een ijzige kou over mijn ziel glijden. Dit wordt niets, Man, dus haal je hand van me af. Het is zo misplaatst. Mijn geest is overtuigd door mijn hart en mijn lichaam door mijn geest, en het zal niet lukken om een ervan onafhankelijk van de andere over de streep te trekken.

Ik stak mijn hand uit naar mijn tas en stond op.

'Ga je weg?' vroeg hij verrast.

'Ja.'

'Waarom?' Zijn verrassing nam toe.

Wat kon ik hem zeggen? Waarom begreep hij het niet?

Zou hij in staat zijn me te geloven? Was het mogelijk dat een man geloofde dat er een vrouw was die bij hem naar binnen kon gaan en kon zien wat hij voor haar verborg, of dat er een vrouw was die haar lichaam kon onderwerpen aan de bevelen van haar hart en geest? Een vrouw die terug kon staren zonder zijn blik te ontwijken, onbewogen bleef als hij haar hand aanraakte, met hem alleen in een kamer kon zijn en hem niets gaf, en hem dan verliet en bij het weggaan zei: 'Nee. Je bent niet de man die ik wil.'

Kon een man begrijpen dat een vrouw hem goed bekeek om hem vervolgens af te wijzen? Dat kon hij niet, omdat hij gewend was dat hij de enige was die het recht had om te experimenteren en te kiezen, terwijl de vrouw gewoon maar degene moest aanvaarden die haar koos: een speciale man die zijn hele leven besteedt aan zichzelf ervan te overtuigen dat hij die ene speciale man is. Is een vrouw niet net een man, dokter? Ben je je natuurwetenschappen vergeten? Of is je geest onafhankelijk geworden van je lichaam? Arrogantie maakt van een man een dom, dwaas schepsel.

De maatschappij doorboorde me met blikken die puntig waren als dolken en striemde mijn gezicht met scherpe tongen die rijzwepen leken.

Hoe kan een vrouw alleen leven, zonder man? Waarom gaat ze naar buiten? Waarom komt ze naar binnen? Waarom glimlacht ze? Waarom ademt ze? Waarom inhaleert ze de frisse lucht? Waarom kijkt ze naar de maan? Waarom houdt ze haar hoofd geheven en doet ze haar ogen wijd open? Waarom gaat ze trots en met zelfvertrouwen op weg? Geneert ze zich niet? Wil ze geen man om haar te beschermen?

Mijn familie en verwanten vielen me aan. Zelfs mijn intiemste vrienden wedijverden onderling om me de rug toe te keren. Ik stond in het oog van de storm en dacht na.

Sinds mijn kindertijd was ik bij een reeks eindeloze gevechten betrokken geraakt en hier was er weer een, met de hele maatschappij tegenover me: miljoenen mensen met daarachter en daarvoor nog weer miljoenen. Waarom verliepen de dingen niet zoals ze zouden moeten in het leven? Waarom was er geen beter begrip van waarheid en rechtvaardigheid? Waarom erkenden moeders niet dat dochters hetzelfde waren als zonen, of waarom erkenden mannen niet dat vrouwen gelijken en partners waren? Waarom erkende de maatschappij het recht niet van de vrouw om een normaal leven te leiden waarbij ze zowel haar geest als haar lichaam gebruikte?

Waarom lieten ze mij mijn leven verknoeien met die confrontaties?

Met mijn handen onder mijn kin zat ik na te denken. Moest ik het gevecht aangaan met de maatschappij of me schikken en me erdoor laten meevoeren, mijn hoofd ervoor buigen, me net als de rest opsluiten in mijn huis en bescherming zoeken bij een man?

Nee! Die gedachten waren absurd. Ik zou vechten, bij mezelf aankloppen voor bescherming, bij mijn kracht, mijn kennis en mijn succes in mijn werk.

Ik liet alles achter: mijn familie en vrienden; mannen en vrouwen; eten en drinken; slapen en dromen; de maan en de sterren; wind en water. Ik deed mijn witte jas aan, hing de stethoscoop om mijn nek en stond in mijn spreekkamer.

Ik had besloten het gevecht aan te gaan, in mijn eigen zweet te verdrinken, de maatschappij tegemoet te treden op voeten van ijzer en staal.

Ze kwam op mijn spreekuur en haar tengere lichaam beefde van angst terwijl ze naar adem snakkend achter zich keek, haar onschuldige kindergezicht verwrongen van angst.

'Wat is er aan de hand, mijn kind?' vroeg ik.

Ze huiverde alsof ze koorts had en begon hartverscheurend te snikken. Ik kon een paar onsamenhangende flarden opvangen die over haar trillende lippen kwamen: 'Hij deed niet wat hij had gezegd... wrede schoft... Boven-Egypte... Ze zullen me vermoorden... Ik heb niemand... Red me, dokter.'

Ze had geen zakdoek, dus gaf ik haar de mijne en wachtte tot ze geen tranen meer had. Ze droogde haar ogen en vestigde haar bange blik op mijn lippen, hopend uit mijn mond het ene woordje te horen dat haar het leven zou schenken of haar doodvonnis zou zijn.

Ik keek naar haar. Het was een meisje van amper veertien of vijftien, onschuldig, puur, frêle, zonder inkomsten of iemand die haar steunde. Ik had geen keuze. Hoe kon ik haar aan haar lot overlaten als ik het enige was wat ze had, of haar ter dood veroordelen als ik in haar onschuld en haar recht op leven geloofde? Hoe kon ik haar hals onder haar vaders mes laten liggen als ik wist dat haar vader, moeder, broer en oom allemaal verkeerd hadden gehandeld? Hoe kon ik haar als enige straffen als ik wist dat de hele maatschappij aan het gebeurde had meegedaan, of me over haar verbazen als ik wist dat iedereen soortgelijke dingen deed? Hoe kon ik haar níét beschermen als ze het slachtoffer was en de maatschappij de werkelijke overtreder beschermde, of haar fout afkeuren terwijl ik zelf al gevallen was? Ik, die twee keer zo lang geleefd had als zij en veel meer dingen dan zij had gezien en geleerd? Hoe kon ik haar níét vergeven als ik mezelf al had vergeven?

Ik probeerde het arme kind te redden uit de klauwen van justitie en traditie en de tanden van wilde beesten en slangen, ratten en kakkerlakken. Ik zou haar beschermen en ze zouden me aan het kruis nagelen als het idee hen aanstond, me stenigen tot de dood erop volgt, me naar de galg voeren. Ik zou mijn lot aanvaarden en de dood tege-

moet treden, met een tevreden ziel en een gerust geweten.

Alle drama's van de maatschappij kwamen in mijn behandelkamer. Alle gevolgen van misleiding en bedrog
lagen voor me om te worden onderzocht. De bittere waar-
heden die de mensen voortdurend ontkenden lagen onder mijn gravende, snijdende handen op de operatietafel
uitgestrekt.

Ik voelde me met de mensen begaan. Had deze man
die zijn ontspoorde zus had verminkt niet zelf met an-
dermans zussen verkeerd gehandeld? Was de wolf die het
onschuldige meisje had misleid niet zelf de vader van een
dochter die hij in huis gevangenhield...? De man die zijn
vrouw ontrouw was geweest niet ook de echtgenoot die
zijn vrouw had vermoord om zijn eer te verdedigen? De
ontrouwe echtgenote niet ook de vrouw die roddels ver-
spreidde over andere vrouwen...? Deze maatschappij die
liedjes over liefde en hartstocht liet horen dezelfde maatschappij die het schavot gereedmaakte voor iedereen die
verliefd werd of door hartstocht meegesleept?

Ik voelde me met de mensen begaan, met álle mensen:
ze waren zowel de boosdoener als het slachtoffer van wan-
daden.

Mijn behandelkamer stroomde vol met mannen, vrouwen
en kinderen en mijn geldkistje vol geld en goud. Mijn

naam werd net zo beroemd als die van een filmster en mijn meningen gingen rond onder de mensen alsof het wetten waren. Vreemden beweerden plotseling dat ze bloedverwanten van me waren, vijanden werden vrienden en vertrouwelingen. Mannen zwermden als vliegen om me heen en hun aanvallen veranderden in een verdediging van mijn positie en steun verlenende gebaren. Mijn bureauladen raakten vol met getuigenissen, verzoeken en smeekbeden om hulp.

Gezeten op mijn verheven bergtop keek ik neer op de maatschappij aan mijn voeten. Ik glimlachte er medelijdend naar. De maatschappij – dat machtige monster dat vrouwen bij de nek pakte en hen de keuken, het abattoir, het graf of het gore slijk in smeet – lag zwak, onderworpen en schijnheilig in mijn bureauladen om genade te smeken! Wat zag die indrukwekkende maatschappij er nu kleintjes uit!

Ik zat alleen achter mijn bureau nadat de laatste patiënt was vertrokken en de dienstdoende zuster naar huis was gegaan. Het was nog maar negen uur 's avonds, het begin van de nacht, en de straten waren op hun levendigst. Ik stond op en begon verstrooid door de kamer te ijsberen. Ik liep naar het raam en de warme, sombere nachtlucht raakte mijn gezicht. Buiten op straat hielden mensen elkaar staande en praatten, lachten, trokken norse gezichten. Ik keek naar mezelf en merkte dat ik van grote hoogte op hen neerkeek.

Ik voelde een angstaanjagende kou, alsof ik op een besneeuwde bergtop zat. Ik keek boven me en zag louter wolken en lucht. Ik keek naar mijn voeten en zag daaronder de grote afstand die me scheidde van de zachte, lieflijke valleien en de door mensenadem verwarmde laaggelegen vlakten. Ik kon mensen uit de verte naar me zien zwaaien, maar niemand klom helemaal naar waar ik was. Ze speelden melodieën voor me, maar de klanken bereikten mijn oren niet. Ze wierpen me bloemen toe, maar de geur ervan vervaagde in de lucht.

Ik leunde met mijn voorhoofd tegen het raamkozijn. Wat was de eenzaamheid toch koud, de stilte toch moeilijk! Wat moest ik doen? Van de top af springen? Maar dan zou ik mijn nek breken. Op mijn schreden terugkeren? Maar dan ging mijn leven voorbij en zou ik nooit bereiken wat ik wilde. Mijn gevechten waren geleverd en nu was voor mij de tijd aangebroken om niets te doen.

Wat was het vreselijk om te veel vrije tijd te hebben!

Waarom had ik de ladder van mijn beroep met grote passen beklommen in plaats van slokje voor slokje van de levensbeker te drinken of mijn tijd in kleine hapjes te verbruiken? Waarom had ik de afstand springend en hijgend afgelegd, waarbij ik mijn eigen plaats in de rij had verlaten en over de hoofden van degenen voor me heen was gegaan?

De mensen bewogen zich in hun rijen over straat en vorderden met een slakkengang, maar op een dag zouden ze er zijn. Het leven vorderde langzaam, maar het zou hoe dan ook aankomen, waar het ook naartoe ging. Er waren miljoenen jaren verstreken voordat atomen lucht werden en lucht water werd en water vaste materie; en er verstreken weer miljoenen voordat vaste materie bewegende amoeben werd en de amoeben aanhangsels ontwikkelden die vervolgens vinnen, vleugels, armen en staarten werden, en de armen vingers kregen en de staart afstierf en de aap op twee poten stond...

Waarom was ik als kind verdrietig geweest omdat ik niet als een duif door de lucht kon vliegen? Waarom was ik boos geweest vanwege het bloed waarmee een vrouw elke dertig dagen werd bezoedeld? Waarom was ik in opstand gekomen tegen de geschiedenis en de wetten en tradities, en in woede uitgebarsten omdat de wetenschap het geheim van het levende protoplasma niet had achterhaald?

De jaren zouden voorbijgaan en misschien zou de tijd de geschiedenis en de wetten en tradities hervormen. Het leven zou een schone en mooie manier ontdekken waarop kleine meisjes volwassen konden worden. Het mensenlichaam zou geleidelijk lichter worden en vliegen. De wetenschap zou op het geheim van het levende protoplasma stuiten. De bonte levensstoet trok verder en elke dag ontdekte het leven iets nieuws. Waarom had de tijd me zo langzaam geleken toen hij voorbij kwam daveren en zijn radertjes aan delen van mijn leven rukten? Waarom had

het leven me opgejaagd en me hoog en ver weg neerge-
smeten op een verheven top die in ijzige eenzaamheid
was gehuld?

Wat was de stilte wreed en wat waren menselijke stemmen aangenaam, ook al waren ze lawaaiig. Wat was de
eenzaamheid koud en de mensenadem warm, ook die van
de zieken. Wat was traagheid weerzinwekkend en beweging mooi, zelfs het gevecht en het conflict. Wat was
ledigheid afschuwelijk en hoe heerlijk denken en het druk
hebben, ook al was het resultaat geen succes.

Het gevoel van leegte schoot wortel in me en de reus
merkte dat er bewegingsruimte was. De massa ideeën
en beelden in mijn binnenste stoof uiteen en de reus
strekte zijn armen en benen en begon lui te gapen en
zich uit te rekken.

Wat wil je? Je kwam tegen alles in opstand en weigerde
een vrouwenleven te leiden. Je zat de waarheid achterna
en door de waarheid sloot je je af voor jezelf. En de mannen? Je keek naar hen, ging op zoek en werd in verwarring gebracht; vervolgens tuitte je minachtend je lippen.

Wat wil je? Een man die alleen in je verbeelding bestaat
en niet op aarde rondloopt? Een man die praat, ademt en
denkt, maar geen lichaam heeft zoals andere mannen?
Kun je die lichamen die op de snijtafel liggen vergeten, of
het trieste geluid van het gesnurk op het kussen vlak bij je,
of die wanhopige, hulpeloze blikken, of de dood die kin-

deren neermaait? Waarom sluit je jezelf niet op in je ge-vangeniscel om weer te gaan slapen?

Maar de nachten waren lang geworden en de nachtelij-ke hallucinaties hadden hun positie rond het bed weer ingenomen, en het bed zelf was enorm en koud en angst-aanjagend geworden. De reus wilde niet meer gaan sla-pen. Succes kon zijn honger niet stillen, roem betekende niets en geld was als dode, verdorde bladeren.

6

Tussen de brieven en paperassen op mijn bureau zag ik een kaartje liggen. Het bleek een uitnodiging te zijn voor een feest van een of ander beroepsorgaan. Ik kwam snel overeind, ging naar mijn auto, die beneden stond, en reed naar de plaats waar het feest werd gegeven.

Ik stapte een grote zaal binnen en zag schitterende lichten en gasten in gesteven, gestreken kleding en met een stijve, geforceerde uitdrukking op hun gezicht. Ik liet mijn ogen door de ruimte en over de mensen zwerven alsof ik speciaal naar iets op zoek was. De mannen gluurden naar de vrouwen en de vrouwen naar de mannen. Ik wandelde tussen de gasten door en knikte hen toe als zij mij toeknikten, als een pop waarvan het hoofd op een veer zit.

Ineens was er opschudding; de gasten dromden naar voren en duwden elkaar opzij om zich om een kleine, corpulente man te verdringen. Ze wilden allemaal naast hem lopen, met hem worden gefotografeerd, op televisie komen terwijl ze naast hem stonden, en ervoor zorgen dat hij zich hun gezicht, hun stem, hun bestaan zou herinneren.

Ik verwijderde me van het gedrang en ging in een rustig hoekje staan. Ik draaide me half om en merkte dat er iemand stond. Een gewone man die gewone kleren droeg en er op een gewone manier bij stond. Hij was niet klein en niet lang, niet dik en niet dun, maar ik voelde dat hij door iets buitengewoons werd omgeven. Misschien kwam dat omdat hij er natuurlijk en ontspannen uitzag, zonder de gespannen, vormelijke gelaatstrekken van degenen die hem omringden... misschien omdat hij in weerwil van zijn eenvoud elegant was... misschien omdat het zijn eer te na was om zich bij de groep te voegen die zich om de man schaarde...

Hij keek mijn kant uit en zijn ogen keken in de mijne. Ik werd een vage sensatie gewaar van binnen. Zijn ogen lachten lichtjes. Met een stem die bijna net zo levendig was als zijn ogen zei hij: 'Ze rennen achter hem aan.'

'Waarom?' vroeg ik eenvoudig.

'Hij is de directeur van de beroepsorganisatie.'

Hij bleef even naar de mensen kijken met dezelfde lichte lach in zijn ogen. Was het een minachtende of een medelijdende blik, een waaruit respect sprak voor de menselijke zwakheid of een van spotternij? Ik kon maar geen besluit nemen. Hij wendde zich terug en keek me een ogenblik strak aan voordat hij zich voorstelde. Ik reageerde door hem te vertellen wie ik was en wat ik deed. Wijzend naar een tafeltje dat een beetje van de andere vandaan was gezet, zei hij: 'Zullen we daar gaan zitten? Het is de tafel die het verst van de directeur af staat.'

We lachten allebei, liepen naar de tafel en gingen tegenover elkaar zitten. Hij keek naar de schalen met eten en toen naar mij en zei glimlachend: 'Ik weet nooit zo goed hoe het hoort op feesten. Kan ik je iets aanbieden?'

Wat was dat toch in de ogen van deze man?

'Nee, dank je', zei ik. 'Ik geef niet om feestmanieren.'

We begonnen in stilte te eten en na een poosje vroeg hij: 'Heb je weleens tijd om naar muziek te luisteren?'

'Niet vaak', antwoordde ik. 'Je laatste compositie heb ik niet gehoord, maar ik heb gelezen hoe succesvol die was en hoeveel mensen haar goed vonden.'

Zijn ogen dwaalden ver bij me vandaan, vervolgens keek hij weer naar me en zei: 'Ik was er niet blij mee.'

'Maar het publiek wel.'

'Een kunstenaar is niet tevreden tenzij wat hij heeft gedaan hem voldoening schenkt.'

'Waarom stemde je in met de uitzending als je er niet helemaal gelukkig mee was?'

'Dat maakt het juist zo'n kwelling. Het werk waar ik blij mee ben, wordt door het publiek niet begrepen.'

'Waarom componeer je dan geen stukken waar je blij

mee bent, ongeacht hoe het publiek reageert?'

'Wie zou daar dan naar luisteren?'

'Een paar mensen. Slechts een... Maar dat is beter dan het publiek hoe dan ook tevreden stellen.'

'Soms doe ik dat.'

Hij keek even naar de vloer, alsof hij nadacht, voordat hij zijn expressieve blik op mij vestigde en zei: 'We hebben veel over muziek gepraat. Waarom heb je de geneeskunde niet ter sprake gebracht?'

'Gesprekken over geneeskunde lenen zich niet voor feestjes', zei ik.

'Waarom niet?' vroeg hij verbaasd.

'Ze gaan allemaal over pijn en ziek zijn. De verdrietige kant van het leven', antwoordde ik.

'Nee', stelde hij. 'Natuurlijk komt er immens verdriet bij kijken, maar het geluksgevoel moet nog groter zijn. Ik kan me voorstellen hoe gelukkig je je moet voelen als je iemands leven redt. Dat moet het mooiste aan je werk zijn.'

'En bij het jouwe? Wat is het onderdeel van jouw werk dat je het gelukkigst maakt?'

'Als ik een melodie schrijf die me bevalt', zei hij. 'Of als ik een of ander magnifiek muziekstuk hoor.'

Toen keek hij me aan en voegde er glimlachend aan toe: 'Of als ik een nieuwe vriendschap sluit.'

Ik probeerde zijn ogen te ontlopen, maar hij wilde me niet laten ontsnappen en omgaf me vol zelfvertrouwen

met zijn blik. Mijn hart maakte een enkele angstaanjagende slingerbeweging.

Ik draaide van de ene zij op de andere zonder de slaap te
kunnen vatten. Het leek wel of het bed vol stenen en
spijkers lag. Ik stond op en begon door de kamer te ijsberen. Hij leek krap, net een cel, en als de strop van de
beul kneep de lucht mijn keel dicht. Ik liep naar buiten,
het balkon op, en stond daar een tijdje, maar toen kon ik
het niet meer uithouden en ik ging weer zitten. Ook dat
werd ondraaglijk en ik liep naar de eetkamer. Ik probeerde
iets te eten, maar het eten smaakte rubberachtig en raar.

Alles was onverdraaglijk geworden: zitten, staan, lopen, eten. Voor mij hadden eten, water en lucht hun
smaak verloren. De dingen waaraan ik mijn tijd besteedde
leken alledaags en betekenisloos. Mijn nieuwe gevoel
nam de plaats in van mijn vroegere bezigheden en ver-
slond met zijn intensiteit de uren die ik wakker was. Een
reeks vragen dwaalde non-stop door de terreinen van mijn
geest en ziel: moest ik proberen contact met hem op te
nemen, met hem praten, degene zijn die het gesprek
begon?

Ik keek naar het kleine instrument; het min of meer
vierkante blokje van zwart plastic, dat ik overal met me
meedroeg en dat ik als ik daar zin in had met één vinger
het zwijgen op kon leggen, was een voorwerp van grote
vrees geworden, een apparaat waar een gevaarlijke beko-

ring van uitging. Van een afstandje, op mijn hoede, keek ik ernaar, vol bange voorgevoelens ging ik ernaartoe en toen ik het aanraakte trok er een krachtige stroomstoot door me heen, alsof ik een blootliggende draad had geraakt. Kunnen de dingen zozeer veranderen als onze zienswijze ervan verandert?

Ik zat bij de telefoon en dacht na. Ik herinnerde me wat hij had gezegd toen hij zijn nummer voor me had opgeschreven: 'Bel me wanneer je dat wilt.'

Hij had respect getoond voor mijn beslissingsbevoegdheid, waarom kon ik het dan niet? Voorheen had ik het altijd gedaan. Het was toch mijn wil geweest en niet die van een ander waardoor ik me had laten leiden? Had een man niet geprobeerd zich meester te maken van mijn leven en dat niet kunnen doen omdat ik dat niet wilde? En een ander had geprobeerd me zijn leven te geven en ik had niets van hem aangenomen omdat ik dat niet wilde. Mijn wil had mijn geven en nemen altijd bepaald. Ik wilde hem nu zien. Ja, dat wilde ik.

Ik draaide zes keer met mijn wijsvinger in de gaten van de kiesschijf en de schelle herhalingstoon klonk in mijn oren. Plotseling werd hij afgebroken en even stokte de bloedtoevoer naar mijn hart. Ik hoorde zijn diepe stem 'hallo' zeggen.

Ik dacht niet aan de verschillende manieren waarop je kon flirten en nam niet mijn toevlucht tot vrouwelijke ontwijkendheid. Ik deed niet net alsof ik alleen belde om iets te vragen. Ik deed geen sluier voor mijn gezicht om vanachter mijn deur naar hem te gebaren, of iets naïefs of stupides te doen. Ik zei naar waarheid: 'Ik wil je zien.'

'Wanneer?'

'Nu.'

'Waar?'

'Waar dan ook. De plek is niet van belang.'

'Waar ben je nu?'

'Thuis.'

'Ik ben zo snel ik kan bij je.'

Ik leunde achterover in mijn stoel alsof het leven uit me was weggestroomd en keek om me heen naar het meubilair en de muren alsof ik ze voor het eerst zag.

Plotseling werd ik door energie en enthousiasme gegrepen: dit schilderij zou daar moeten hangen; de stoel zou hier moeten staan; de vaas zou vol bloemen moeten. Ik liet het dienstmeisje een boeket bloemen kopen voordat ik zelf een schort voordeed en in de keuken met verse eieren en melk een cake ging bakken. Terwijl die in de oven stond, maakte ik gelatinepudding en zette die in de koelkast. Ik rende rond alsof ik een kind was, van de oven naar de koelkast, de koelkast naar de vaas, de vaas naar het schilderij aan de muur en weer terug naar de oven.

Het zweet stroomde over mijn gezicht en liep mijn mond in, maar om de een of andere reden smaakte het heerlijk nieuw. Mijn borstkas ging schoksgewijs op en neer met de hijgende ademtochten van een racepaard, maar ik dacht niet meer aan mijn longen. Ik stak mijn hand in de oven zonder de hitte te voelen, alsof mijn hersencellen de pijn van het verbranden waren vergeten. Ik had mijn rug verdraaid met onder tafel te bukken en gebogen over het werkvlak te staan, alsof mijn wervelkolom niet bestond. Toen werd er één keer lang aangebeld, wat in mijn hart een vreemde, alarmerende echo produceerde alsof ik de bel voor het eerst van mijn leven hoorde.

Hij zat in de zitkamer; zijn nog altijd glimlachende, diepliggende ogen dwaalden over de schilderijen aan de muren en zijn kalme, ernstige trekken gaven blijk van nieuwsgierigheid en belangstelling terwijl hij om zich heen keek. Ik zat een eindje van hem vandaan en probeerde het vreemde gevoel te verbergen dat ik van binnen voelde, de ongewone vreugde in mijn hart te onderdrukken en het heftige beven van mijn ziel te negeren. Maar hoe moest ik dat doen als mijn ogen, lippen en stem me allemaal verrieden? Hij glimlachte vriendelijk en zei: 'Je hebt een mooi huis... het huis van een kunstenaar.'

'Ik hou van kunst,' zei ik, 'maar de geneeskunde neemt al mijn tijd in beslag.'

'De geneeskunde is een kunst op zich', zei hij en hij keek me aan.

Wat had deze man in zijn ogen? Een bodemloos diepe zee?

'Heb je zin in thee?' vroeg ik en hij knikte licht, met een glimlach. Ik liet hem achter en ging thee zetten. Weifelend staarde het verbaasde dienstmeisje me aan: voor het eerst sinds ik hier was komen wonen deed ik iets in de keuken. Ik haalde de cake uit de oven en zette hem naast de thee op het presenteerblad en ging weer naar binnen, naar hem. Hij keek naar de pasgebakken cake – die duidelijk nog niet gaar was – en glimlachte. Maar ik kon mijn lachen niet inhouden en hij begon mee te lachen en we lachten alsof we nooit zouden ophouden. Door die natuurlijke, spontane lachbui scheurde de dunne sluier van gêne die ons nog steeds scheidde en hij keek me recht aan en zei: 'Ik heb nog nooit een vrouw als jij ontmoet.'

'Hoe bedoel je?'

'Vrouwen verbergen hun gevoelens altijd en ze hebben maskers voor, zodat je niet kunt weet hoe ze in werkelijkheid zijn. Maar jij verbergt niets. Je hebt je niet eens opgemaakt.'

'Ik vind mezelf leuk zoals ik ben, en ik reken op mezelf zoals ik ben, zodat ik niet kan doen alsof ik anders ben.'

'Een vrouw die eerlijk en open is, bevalt me.'

'Veel mannen vinden dat openheid het vrouwelijke van de vrouw bederft. Ze zien haar graag vermommingen dragen, ontwijkend zijn, met hen meedoen in het spel van versieren en versierd worden.'

'Dan zien zij vrouwen enkel en alleen als een bron voor seksuele genoegens.'

'Er zijn niet veel mannen die de vrouwelijkheid begrijpen van een intelligente vrouw met een sterke persoonlijkheid.'

'Ik vind', zei hij, 'dat een vrouw, hoe mooi haar lichaam ook is, niet echt vrouwelijk is als ze dom of zwak of huichelachtig of onoprecht is.'

'Hoe zit het met de mannelijkheid?' vroeg ik.

'Veel vrouwen denken dat mannelijkheid enkel aangeeft of een man in seksueel opzicht goed is.'

'Ik vind', zei ik, 'dat een man, hoe goed hij in seksueel opzicht ook mag zijn, niet mannelijk is als hij dom of zwak of huichelachtig of onoprecht is.'

'Waar ben je al die jaren geweest?' vroeg hij.

'Druk op zoek.'

'Waarnaar?'

'Een heleboel dingen.'

'Heb je niet gevonden waarnaar je zocht?'

'Nooit.'

'We kunnen niet alles hebben in het leven.'

'Ik heb voortdurend ontberingen geleden.'

'Ontberingen trekken de zenuwsnaren strak, zodat je erop kunt spelen. Als je verzadigd bent, gaan ze losser staan en kun je geen melodie voortbrengen.'

Terwijl hij met me praatte keek hij me de hele tijd aan. Ik zag hem geen enkele keer naar mijn bovenbenen staren of stiekem naar mijn borsten gluren. We waren alleen. De vier muren sloten zich om ons heen. Maar ik had niet het gevoel dat hij de muren zag of ze voelde. Hij zat op een andere golflengte en ik was naast hem, van vlees en bloed. Toch had ik nooit het gevoel dat hij het tegen mijn lichaam had. Hij richtte zich tot mijn hart en geest.

Met een kalm, beschut gevoel sloot ik mijn ogen.

Ik zat naast hem en zag hoe zijn lange, behendige vingers het plectrum met trefzeker vakmanschap over de citer bewogen. Hij speelde tonen die de lucht in schoten en tonen die diep neerzonken... droevige tonen en blije tonen... tonen die riepen en fluisterden, lachten en huilden... En mijn hart ging ernaar uit, slag na slag, stijgend en dalend, dansend en huilend, kreunend en lachend.

Zijn vingers stopten en hij vroeg: 'Wat vind je ervan?'

'Het is prachtig.'

'Ik heb het net geschreven.'

'Er zitten tranen in en er zit blijdschap in.'

'Zo is het leven!'

'Wat is kunst mooi. Had ik maar muziek gestudeerd, dan had ik zulke melodieën kunnen schrijven!'

'Had ik maar medicijnen gestudeerd, dan had ik mensen kunnen genezen!'

'De geneeskunde brengt alleen genezing. Kunst geneest en schept.'

'Je zou creatief kunnen zijn in de geneeskunde. Er zijn ziekten waar niemand een remedie tegen heeft gevonden.'

Ik keek naar hem: 'Waar ben je al die jaren geweest?'

'Naar jou op zoek.'

'Heb je het met anderen geprobeerd?'

'Natuurlijk. En jij?'

'Natuurlijk.'

'Het is de enige manier om erachter te komen.'

Ik hoorde zijn diepe stem me roepen. 'Wat hebben die ogen van je?' vroeg hij. We stonden pal tegenover elkaar en ik hoorde hem met zijn warme stem zeggen: 'Ik hou van je.'

Alles in mij schoot naar beneden, naar het een of andere verafgelegen plekje in de diepte, en vloog toen omhoog naar de hoogste top van mijn wezen. Hij glimlachte en overbrugde de afstand tussen ons en nam me langzaam in zijn armen. Ik liet mijn hoofd op zijn borst rusten.

'Waarom huil je?' vroeg hij.

'Ik hou van je.'

Hij hield me tegen zich aan en omhelsde me tot mijn hele wezen met het zijne versmolt en zijn hele bestaan zich in het mijne verloor.

Het harde gerinkel van de telefoon haalde me uit de hemel omlaag naar de aarde. Ik sprong op en ging erheen: 'Hallo.'

Er kwam een bezorgde stem uit het toestel. 'Red hem, dokter. Hij is stervende.'

Met de hoorn nog in mijn hand keek ik naar hem en hij vroeg direct: 'Een patiënt?'

'Ja.'

'Ga je erheen?'

'Meteen.'

'Zal ik meegaan?'

'Als je dat wilt.'

Ik ging naast hem in zijn auto zitten en hij reed in volle vaart weg. We kwamen bij het huis van de patiënt, dat helemaal geen huis was, maar een vochtig kamertje in een donker souterrain onder een flatgebouw. Een magere jongeman lag er op een vieze matras op de vloer. Naast hem lag een plasje bloed. Ik beluisterde zijn borst en besefte dat hij aan een uitzichtloze vorm van longtuberculose leed en dat zijn leven van een bloedtransfusie afhing. Ik keek om me heen en merkte dat mijn metgezel naast me stond. Hij zei meteen: 'Heb je iets nodig?'

'Een fles bloed, rechtstreeks van de eerstehulpafdeling.'

Hij snelde naar de deur en zei: 'Ik ga met de auto en breng het bloed onmiddellijk hierheen.'

Ik zat op een houten krat naast de patiënt, gaf hem een injectie om hem tijdelijk wat verlichting te bezorgen en legde de spullen klaar voor de bloedtransfusie. Hij kwam in allerijl terug met de fles bloed in zijn hand. Ik sprong op; hij hield de arm van de patiënt vast en bleef aan mijn zijde om te helpen tot ik de naald stevig in de ader had vastgezet.

Ik keek naar hem. Het zweet stroomde over zijn gezicht en hij hurkte neer met zijn gezicht dicht bij dat van de zieke. Ik fluisterde in zijn oor: 'Ga bij hem vandaan.'

'Waarom?'

'Je zou het kunnen krijgen.'

'En jij dan?'

'Het is mijn werk. Ik moet het doen, ongeacht de omstandigheden.'

Hij keek me in stilte aan en bewoog niet totdat ik de transfusie-apparatuur had opgezet.

We zaten naast elkaar op het houten krat en keken naar de bloeddruppels die gretig en gejaagd van de fles naar de slang en naar de ader van de man vloeiden, alsof ze leefden en onze vertwijfeling deelden om zijn leven te redden.

Ik keek naar hem en hij glimlachte vriendelijk, zonder iets te zeggen. Ik zei: 'Dat had ik allemaal niet alleen gekund.'

'Dat had je wel.' Vervolgens wees hij op de fles en zei: 'Er is nog maar een beetje over.'

Ik keek naar de ogen van de zieke, die helderder stonden. Zijn ademhaling was trager en regelmatiger geworden. Ik verwijderde de injectienaald en hij deed zijn lippen van elkaar en zei met droge stem: 'Bedankt', terwijl hij ons allebei aankeek. Toen tastte hij zwakjes onder zijn vieze kussen en stak me zijn magere arm toe met een bankbiljet in zijn vuist geklemd.

Wat me op dat moment overkwam, weet ik niet. De wereld draaide en ik voelde me alsof ik ging flauwvallen. Ik was me alleen bewust van een hand die me steunde en van hem toen hij teder zei: 'Ben je moe?'

Ik keek hem aan en wist niet wat ik moest zeggen: ik was niet moe, ik voelde me gewoon heel gegeneerd en beschaamd. Misschien kwam het door de zonderlinge, miserabele situatie waardoor ik overstuur was geraakt, maar op dat moment had ik het gevoel dat het niet eerzaam, rechtvaardig of logisch was om als arts een honorarium van een patiënt te aanvaarden. Hoe had ik al die jaren mijn hand kunnen uitsteken om geld van mijn patiënten aan te nemen? Hoe had ik in mijn behandelkamer de mensen gezondheid kunnen verkopen? Hoe had ik mijn rijkdommen kunnen vergaren uit het bloed en het zweet van de zieken?

Ik voelde zijn hand die me ondersteunde, het gebouw uit, en me naar de auto begeleidde. Vervolgens bracht hij me naar huis. Toen hij me in bed had gestopt, vroeg hij glimlachend: 'Zal ik er een dokter bij halen?' en ik voelde de hete tranen op mijn gezicht. 'Wat is er mis?' vroeg hij en hij greep mijn hand.

'Ik begreep nergens iets van. Ik was blind. Het enige wat ik kon zien was mezelf. De gevechten waar ik mee bezig was, hebben de waarheid voor me verborgen.'

'Welke gevechten?'

'Gevechten tegen iedereen, om te beginnen tegen mijn moeder.'

'Heb je dan niets bereikt?'

'Nee...'

Nee, ik had niets bereikt. Arts zijn kwam niet neer op de ziekte vaststellen, medicamenten voorschrijven en het geld opstrijken. Succes had niet te maken met een volle behandelkamer, rijkdommen vergaren en bekendheid verwerven. De geneeskunde was geen handelsartikel en succes moest niet in geld of roem worden gemeten.

Arts zijn wilde zeggen ieder die het nodig had, gezond maken, zonder beperkingen of voorwaarden, en succes was dat wat ik had aan anderen geven.

Dertig jaren van mijn leven waren verstreken zonder dat ik de waarheid had ingezien, zonder dat ik had begrepen waar het leven om draaide of mijn eigen talenten had verwezenlijkt. Hoe had ik dat moeten doen terwijl ik alleen aan nemen dacht? – ofschoon ik iets wat ik niet had, niet had kunnen geven.

'Probeer wat te slapen', zei hij terwijl hij me liefdevol aankeek.

'Dat gaat niet.'

'Hij wordt beter zodra het bloed zijn werk heeft gedaan.'

'Hij wordt nooit beter.'

'Je hebt het geld niet aangenomen.'

'Herinner me daar niet aan...'

Alsof ik dat kon vergeten! Het krappe kamertje in het souterrain, de vieze matras op de tegels, de bloedplas, het afgepeigerde gezicht, de holle ogen en die lange, magere arm die zich naar me uitstrekte met het mes dat mijn geest en mijn hart in tweeën had gekliefd.

Ik verborg mijn gezicht tegen zijn borst, op zoek naar zijn bescherming, me aan hem vastklampend. Ik voelde me alsof mijn vroegere leven van me afgestroopt was en ik weer een kind was dat leerde lopen. Nu was het moment gekomen dat ik een hand nodig had die me steunde. Voor het eerst in mijn leven voelde ik dat ik iemand anders nodig had, iets wat ik niet eens voor mijn moeder had gevoeld.

Ik drukte mijn hoofd tegen zijn borst en huilde tranen van stille opluchting.